James Patterson / Lisa Papademetriou

SCHOOL SURVIVAL

Da mach ich nicht mit!

JAMES PATTERSON / LISA PAPADEMETRIOU

SCHOOL SURVIVAL

DA MACH ICH NICHT MIT!

Mit Illustrationen von Neil Swaab

Aus dem Englischen
von Manuela Knetsch

Carl Hanser Verlag

Die englische Ausgabe erschien 2013
unter dem Titel *Middle School. My Brother is a big, fat Liar!*
bei Little Brown and Company, New York.

This edition published by arrangement with Little, Brown and Company, New York, New York, USA.

1 2 3 4 5 19 18 17 16 15

ISBN 978-3-446-24951-6

Umschlag: Stefanie Schelleis, München
© Neil Swaab / © corund / Shutterstock
Satz im Verlag
Druck und Bindung: Friedrich Pustet, Regensburg
Printed in Germany

MIX
Papier aus verantwortungsvollen Quellen
FSC® C014889

Für Marguerite Belkin

L. P.

KAPITEL 1

RAFE IST EIN DICKER, FETTER LÜGNER

Es ist nicht leicht, einen Bruder zu haben, der in jeder Hinsicht berühmt-berüchtigt ist. Es ist auch nicht einfach, einen Bruder zu haben, der ein Schwätzer ist. Ich wette, Rafe hat euch schon alles über mich erzählt. Lasst mal hören – was hat er gesagt? Dass ich eine Petze bin? Dass ich ihm auf die Nerven gehe? Dass ich immer alle Puddingbecher wegesse?

Na schön, ich habe Neuigkeiten für euch: Lügen. Alles Lügen.

Außer die Sache mit den Puddingbechern. Die … ja, okay, die stimmt.

Um eines mal klarzustellen: Rafe Khatchadorian ist ein dicker, fetter Lügner. Und um euch zu beweisen, dass ich die Art von Kind bin, das die Wahrheit sagt, werde ich mich nun berichtigen: In Wahrheit ist Rafe ein dünner, normalgewichtiger Lügner. Und bei dem Bild, das er euch von mir vermittelt hat, liegt er völlig daneben.

Hier kommt die *wahre* Geschichte: Rafe stellt die ganze Zeit über völlig verrückte Sachen an und niemand zieht ihn dafür zur Rechenschaft. Schließlich kann er einfach so die Middle School verlassen und darf dann auch noch auf eine Kunstschule gehen.

Aber wenn *ich* etwas falsch mache …

Wie ist Georgia Khatchadorian also wirklich? Nun, ich bin sehr viel schlauer als Rafe. Fragt nur mal die Leute, die sich die Prüfungsaufgaben für die Schule ausdenken.

Außerdem bin ich wahnsinnig witzig.

MEIN LIEBLINGS-RAFE-WITZ
Klopf Klopf.
Wer ist da?
Rafe.
Rafe wer?
Hab ich's nicht gesagt? Ein hoffnungsloser Fall!
Sie ist ein Knaller!
Total schlau.
Und allgemein unterschätzt.

Tatsächlich bin ich normalerweise ganz schön nett. (Rafe denkt, ich sei eine Petze? Ihr habt ja keine Ahnung, was ich *nicht* weitererzähle!)

Ich habe einen ausgeprägten Sinn für Mode, den ich aber lieber nicht zeige. Das liegt daran, dass ich immer pleite bin.

Und ich bin das unschuldige Opfer der Verleumdungen meines Bruders.

Ich schätze also, in dieser Geschichte dreht sich alles um die Frage: Was passiert, wenn ein schlaues, nettes, fantasievolles Mädchen versucht, den schlechten Ruf seines Bruders wettzumachen?

Es ist wirklich nicht meine Schuld, dass mir dann alles um die Ohren geflogen ist.

KAPITEL 2

LEG DICH NICHT MIT EINEM KHATCHADORIAN AN

Noch 55 Minuten bis zu meinem ersten Schultag an der Hills Village Middle School und ich saß noch immer am Frühstückstisch – mit Mr Ärger persönlich.

»Was isst du denn da? Mäuseköddel?«, fragte mich Rafe, nachdem er einen Blick auf mein Müsli geworfen hatte.

»Das ist Amarant«, sagte ich.

»Arrogant?«

Mein älterer Bruder ist ja soooooo gebildet. »Das sind Pflanzensamen«, erklärte ich ihm. »Amarant ist sehr gesund.«
»Weinsamen sollen ja auch sehr gesund sein«, sagte Rafe.
»Du meinst Leinsamen«, korrigierte ich ihn. »Ja, die stammen auch von einer Pflanze.«
Rafe verdrehte die Augen. »Wein oder Leim – ist doch egal. Schmeckt beides nicht.«
Ich sah hinüber zu Mom. In ihrem Gesicht zuckte es, so als könne sie sich nicht entscheiden, ob sie die Stirn runzeln oder lieber lachen sollte. Ich liebe meine Mutter, aber ich begreife nicht, weshalb sie Rafe witzig findet. Es muss ein Gen sein, das mir fehlt.
»Na, freut ihr euch schon auf den ersten Schultag?«, fragte Mom.
Einfach mal das Thema wechseln. Gut gemacht, Mom.
»Ich kann's kaum erwarten«, sagten Rafe und ich wie aus einem Mund. Nur, dass sein Ton eindeutig signalisierte »Ich *kann* warten« und mein Ton »Ich bin so aufgeregt, dass ich platzen könnte vor Freude!«.

Rafe schnaubte. »Du hast einen an der Waffel.«
»Nur weil du die fünfte Klasse nicht mochtest, heißt das nicht, dass es mir genauso gehen muss.«
»Ja, weil du einen an der Waffel hast.« Er kniff die Augen zu Schlitzen zusammen. »Dort ist es wie in einem Gefängnis. Die werden dich kleine Miss Rosa-Rucksack-mit-Pony-drauf bei lebendigem Leib auffressen«, fauchte er.

»Mom!«, kreischte ich.
»Das reicht jetzt, Rafe«, sagte Mom und warf einen besorgten Blick in meine Richtung. »Hör auf, Georgia Angst zu machen.«
Ich wusste, dass sie aufgeregt war wegen meines ersten Schultages. Immerhin war Rafes fünftes Schuljahr an dieser Schule ziemlich heftig gewesen.

RAFES FÜNFTES SCHULJAHR

SEINE STREICHE BRACHTEN IHN INS KITTCHEN.
NACH DIESEM VORFALL SPEKULIERTE ICH SCHON AUF SEIN ZIMMER.
110
POLIZEI
MAN WARF IHN AUS DER SCHULE (TATSACHE!)
HVMS
DAS WÜRDE ICH AUCH GERN TUN!

Wie bitte? Habt ihr gerade gesagt, ich müsse mir keine Sorgen machen, weil mein Bruder doch *ein dicker, fetter Lügner* ist?

Hey, schön vorsichtig, okay? Ich kann über meinen Bruder reden, wie ich will, aber niemand sonst darf etwas Schlechtes über ihn sagen. Ich stehe voll und ganz hinter ihm – meistens, um Sachen nach ihm zu werfen, und ab und zu auch für einen hinterhältigen Angriff …

Die Sache ist die: Ich darf das, *ihr* nicht.

Und auch wenn mein Bruder ein dicker, fetter Lügner *ist*, hatte ich an diesem Morgen das dumpfe Gefühl, dass er die Wahrheit gesagt hatte, was diese Schule anging.

KAPITEL 3

EIN SCHWERES ERBE

Die gute Nachricht ist, dass sich niemand für meinen rosa Rucksack interessierte. Die schlechte Nachricht ist, dass Rafe recht hatte mit der HVMS – die Hills Village Middle School *ist* ein Gefängnis. Mein Vergehen? Ich werde mit jemandem verwechselt.

Zuerst war es gar nicht so schlimm. Es machte mir wirklich nichts aus, dass der Schulbus wie eine verschwitzte Achselhöhle roch. Es machte mir nicht einmal etwas aus, dass die anderen Kinder sich alle schon zu kennen schienen.
Dann hatten wir das erste Mal Unterricht im Klassenverband. Nervös bemühte ich mich, mir den Stundenplan einzuprägen, während der Lehrer, Mr Grank, die Anwesenheitsliste durchging. Plötzlich sagte er: »Georgia Khatchadorian? Du bist Rafe Khatchadorians SCHWESTER?!« Ja, genauso hat er es gesagt, mit all diesen Großbuchstaben und einem Ausrufezeichen am Ende.

In der Klasse wurde es still. Dann begannen die Schüler untereinander zu flüstern.

Ich spürte, wie ich rot wurde. »Äh … ja?«, sagte ich zögerlich.

»Bist du dir nicht *sicher*?«, brummte Mr Grank.

»Na ja, Sir … Ich hatte nur gehofft, dass wir diese winzige Bagatelle unter vier Augen besprechen und dass sie damit in diesen vier Wänden bleibt.«

Ich lächelte nervös, aber Mr Granks Gesicht schien zu sagen: »Komm mir nicht auf die oberschlaue Tour, Miss Khatchadorian.«

Jemand rief »Oooh, *Bagatelle* …« und ich spürte, dass alle mich anglotzten, so als hätte ich mit einem ausgefallenen Wortschatz angeben wollen. Die Schüler schienen darauf zu warten, dass ich gleich meine Kleider ausziehen und durch den Schulflur laufen würde. (Was Rafe tatsächlich einmal getan hatte.) Also sackte ich auf meinem Stuhl zusammen und blieb in dieser Stellung, bis es klingelte.

Normalerweise hätten wir im Anschluss eine große Vollversammlung gehabt, bei der sie uns alles über die Schulregeln und andere Sachen erzählt hätten. Aber aus irgendeinem Grund (ähäm, *Rafe*) fiel die Schulversammlung in diesem Jahr aus. Der *Verhaltenskodex der Hills Village Middle School* wurde gerade »überarbeitet«. Und so ging der Unterricht einfach weiter.

Möchte jemand einen Tipp abgeben, weshalb (hüstel, hüstel, *Rafe*) mich die Lehrer auf eine ganz spezielle Art und Weise an der HVMS willkommen hießen? Und zwar sowohl in Englisch, Mathe und Französisch als auch in Sport?

»Furz« wird in dieser Klasse nicht zum Reimen benutzt, Rafes Schwester.
Auch nicht »Rülpser« oder »Kotze«.
Hast du dich verlaufen? Das ist der Begabtenkurs, Rafes Schwester.
Keine Witze über Frankreich, soeur de Rafe!
Extrarunden für jeden, dessen Name mit Khatchadorian endet!

Für diejenigen unter euch, die gerade verwirrt sind, weil sie nicht viel über Rafe wissen, kommt hier die Kurzfassung: Er ist hier an der Schule berühmt-berüchtigt, weil er versucht hat, gegen jede einzelne Regel aus dem *Verhaltenskodex der Hills Village Middle School* zu verstoßen. Das wäre ihm auch beinahe gelungen, aber dann wurde er von der Schule geworfen. (Wenn ihr tatsächlich *noch* mehr darüber wissen wollt, lest einfach *School Survival – Die schlimmsten Jahre meines Lebens*. Mich persönlich interessiert es nicht, aber euch gefällt es vielleicht … wenn ihr verrückt genug drauf seid.)

Und nun schien jeder an der HVMS zu glauben, dass ich das nächste durchgeknallte Mitglied der Khatchadorian-Familie war.

Überall, wo ich hinkam, trat ich in die verdammten Matsch-Fußstapfen meines Bruders. Ich war in etwa so beliebt wie Atommüll. Rafe brauchte nicht einmal vor Ort zu sein, um mir alles zu ruinieren.

Aber ich bin nicht Rafe. Ich bin das Mädchen, das glatte Einsen schreibt. In der dritten Klasse hatte ich sogar eine Auszeichnung für herausragende schulische Leistungen erhalten. All diese Leute hier hatten eine völlig falsche Vorstellung von mir.

Ich beschloss, ihnen zu beweisen, dass ich nicht »Rafe Khatchadorian Teil II« war. Ich war vielmehr »Georgia Khatchadorian Teil I: Die relativ Normale«.

Wenn sie erst einmal mein wahres Ich kennen würden, so dachte ich, würde sich alles zum Besseren wenden.

Junge, Junge, lag ich daneben.

UND HIER
RAFE WAR HIER
UND HIER AUCH
Ich hinterlasse gern Spuren.

KAPITEL 4

MILLER DER (MINI-)KILLER

Dann war Mittagspause. Überall Schüler – und kein einziger Freund in Sicht.

Oh, aber dafür war ein *Feind* in Sicht. Es sah ganz so aus, als ob Miller der Killer, der alte Kumpel meines Bruders, einen kleinen Bruder hatte. Und mit *klein* meine ich *riesig*. Ich hatte den älteren Miller einmal gesehen – und Mini-Miller sah ganz genauso aus wie er. Er war nur noch größer und hässlicher.

Ich stand gerade am Eingang zur Cafeteria, als er auf mich zukam. »Muuuaaah«, grunzte er. »Muuuaaah.« Mini-Miller zog dabei ein Bein nach.

Dann grinste er mich vollkommen blöde an.

»Machst du einen auf Zombie?«, fragte ich. »Denn offensichtlich hat jemand dein Gehirn gefressen.«

Da kniff er die Schweinsäuglein zusammen. »Du bist Rafe Khachtchadorians Schwester, stimmt's?« Mini-Miller nahm sich den Riesen-Schokoladenkeks von meinem Tablett und verschlang ihn mit einem einzigen Bissen.

»Wie kommst du darauf?«, fragte ich.

Mini-Miller strahlte. »Da steht ›Khatchadorian‹ auf deinem Notizblock.«

»Ach, du kannst lesen?«, erwiderte ich. Das hätte ich wohl nicht sagen sollen, denn im nächsten Moment schlug er mir das Tablett aus der Hand. Mein Mittagessen verteilte sich auf dem Boden und das Plastiktablett kam mit einem dumpfen Schlag auf, der durch die gesamte Cafeteria hallte.

»Upps«, meinte Mini-Miller.

Dann lachte er, trat mir auf den Fuß und stapfte davon.

KAPITEL 5

DIE RUNDE RHONDA

»BRAUCHST DU HILFE?«, tönte es hinter mir. Es war ein Kreischen, bei dem mein Trommelfell beinah verschrumpelt und abgestorben wäre. Die Stimme klang wie aus dem Manga *Black Lagoon*.

Als ich mich umdrehte und begriff, zu wem die Stimme gehörte, machte ich einen Satz nach hinten. Das Mädchen klang nicht nur wie eine kreischende Manga-Figur, es sah auch so aus. Und es trug Kleider, die noch aus den Fünfzigerjahren zu stammen schienen.

Ganz zu schweigen davon, dass dieses Mädchen *groß* war. Okay, nennen wir die Dinge beim Namen: Sie war fett. Es tut mir leid, aber das ist die Wahrheit. Es gibt Menschen, die aussehen wie Seekühe aus einer Musical-Produktion, die von der Bühne geflohen sind. Manche Menschen sehen aus wie Supermodels. Ich urteile nicht, sondern stelle nur etwas fest. Auch ich bin kein Supermodel – ihr habt ja schon Bilder von mir gesehen.

Und ich verrate euch noch etwas: In dieser Cafeteria voller Schüler war die Kreischstimme die Einzige, die aufstand, um mir zu helfen. Also kam sie mir in diesem Augenblick ausgesprochen hübsch vor. Die Kreischstimme drehte mein Tablett herum und stellte Tasse, Teller und Schüssel darauf. »ICH BIN RHONDA«, sagte sie und lächelte mich an. Sie hatte ein wirklich nettes Lächeln – weiße Zähne und ein Grübchen in der linken Wange.

»Oh. Hi.« Ich hockte mich hin, um mein Besteck aufzuheben.

»DU HAST KARTOFFELBREI AUF DEINEM SHIRT«, bemerkte Rhonda.

Ich seufzte.

»UND IN DEINEM GESICHT«, fügte sie hinzu.

Ich ließ das Besteck auf das Plastiktablett fallen. »Kannst du mir sagen, wo die Mädchentoiletten sind?«

»DEN FLUR RUNTER, AUF DER LINKEN SEITE. WILLST DU, DASS ICH DICH HINBRINGE?«

»Nein, ist schon gut. Ich werde sie schon finden.« Ich nahm ihr das Tablett aus den Händen. »Und danke.«

»IMMER WIEDER GERNE!« Noch einmal schenkte sie mir ein breites Lächeln, dann stampfte sie zurück an ihren Platz. Sie ging, wie sie sprach: laut.

Jetzt hatte ich also an einem einzigen Vormittag sowohl Mini-Miller als auch jemanden aus der *Black Lagoon* kennengelernt. Die HVMS konnte wohl kaum mit etwas noch Verrückterem aufwarten. Das dachte ich zumindest.

Falsch gedacht.

KAPITEL 6

DER PRINZESSINNEN-TRUPP!

Draußen, im Flur vor der Cafeteria, war es vollkommen still (und ich meine damit nicht nur, dass ich Rhonda nicht mehr um mich hatte). Es waren nur drei andere Schülerinnen zu sehen. Sie standen um einen Spind herum und sahen aus, als ob sie alle drei von demselben Promi-Stylisten eingekleidet worden wären. Sie musterten mich eine Weile, dann hielt sich eine von ihnen die Hand vor den Mund und flüsterte etwas. Die anderen lachten.

Ich hatte sie schon einmal gesehen. Alle drei waren in meinem Französischkurs. Missy Trillin war zweifellos die Anführerin der, na ja, irgendwie der ganzen Schule. Heute Morgen im Unterricht hatte ein Nerd mit Brille es gewagt, sich auf den Platz zu setzen, auf den Missy sich hatte setzen wollen.

Missys Familie ist unglaublich reich. Ihre Mutter ist die Erfinderin der Mac N Cheesyohs – ihr wisst schon, diese Makkaroni-Käse-Dinger am Stiel, die man toasten kann –, deshalb hat die Familie haufenweise Kohle. Jeder will sich so kleiden wie Missy. Jeder will zu ihren Partys gehen. Jeder will in ihrer goldenen Limousine fahren.

Ihre beiden Kammerzofen hießen Brittany und Bethany, aber ich wusste nicht genau, wer wer war. Als ich sie so vor mir sah, verstand ich auf einmal auch, was Rafe über meinen Pony-Rucksack gesagt hatte. Diese Mädchen trugen Klamotten, die mein T-Shirt und meine Jeans aussehen ließen, als wären sie aus alten Putzlumpen zusammengenäht worden. Ihre Haut war so makellos, dass ich mich fühlte, als hätte mich jemand mit Edding attackiert. Mit ihren strahlend weißen Zähnen konnten sie jeden im Umkreis von fünf Metern blenden und inmitten ihrer aufgeplusterten Frisuren hätte ein Schoßhündchen spurlos verschwinden können. (Tatsächlich besaß Missy ein solches Schoßhündchen – einen Chihuahua.) Ich kam mir vor, als wäre ich geradewegs in einen Werbespot für Shampoo hineingeraten.

Als ich auf der Suche nach dem Mädchenklo an ihnen vorbeilief, starrten sie mich immer noch an. Die Toilette war nicht dort, wo ich sie vermutet hatte, aber ich hoffte, sie würde irgendwann vor mir auftauchen wie eine Oase in der Wüste.

»Klipp-klapp«, sagte Missy und die beiden Bs prusteten los.

Ich wusste zwar nicht, was das bedeuten sollte, aber da es

ganz offensichtlich witzig gewesen war, kicherte ich vorsichtshalber mit.

»Ähm, hi«, sagte ich lächelnd. »Könnt ihr mir sagen, wo die Mädchentoilette ist?«

Missy schürzte die Lippen und lächelte mich an, was ihrem Gesicht einen seltsam verdrehten Ausdruck gab. »*Kenne* ich dich?«, wollte sie wissen. Ihr Tonfall aber machte unmissverständlich klar, dass sie mich *unmöglich* kennen konnte. Sie musterte mich so eingehend von Kopf bis Fuß, dass ich mich am liebsten für den Rest des Jahres in einem Spind verkrochen hätte.

»Ich glaube nicht, dass wir irgendeine kennen, die sich ihre Kleidung aus der Mülltonne zusammensucht«, sagte eine der Bs.

»Oder die sich ihre Haare mit der Heckenschere schneidet«, ergänzte die andere.

Ganz offensichtlich handelte es sich bei diesen Mädchen um 1-a-Wichtigtuer. »Ich vermute mal, ihr habt zu oft die Benimmschule geschwänzt, denn das war gerade sehr unhöflich von euch«, sagte ich, woraufhin die Mädchen in Tränen ausbrachen. Missy wollte mir noch schnell einen Lageplan der Mädchentoilette aufmalen, aber ich ließ sie einfach stehen.

Na gut, das entspricht jetzt nicht hundertprozentig der Wahrheit. Ich bin *tatsächlich* einfach weggegangen. Aber diese geistreiche Antwort oben ist mir leider erst drei Tage später eingefallen.

»Klipp-klapp!«, rief Missy mir hinterher. Ihre kleinen Freundinnen lachten und dann tänzelten sie alle über den Schulflur davon wie Zirkuspferde.
Großartig. Jetzt hatten sie schon einen kleinen Insider-Witz über mich. *Klipp-klapp*. Was bitte sollte das bedeuten?
Drei mögliche Erklärungen fielen mir ein:

1. Ich hatte sie falsch verstanden, sie hatten »Tick-tack« gesagt: Missy und die beiden Bs hatten irgendwo im Schulgebäude eine Bombe platziert. Ich musste SOFORT den Sicherheitsdienst informieren, damit entsprechende Maßnahmen eingeleitet werden konnten.
2. Es war Prinzessinnen-Fachjargon, den sie in einer teuren Reitschule aufgeschnappt hatten: Sie benutzten eine Pferde-Geheimsprache, die nur sie verstehen konnten.
3. Sie hatten sich über meine Schuhe lustig gemacht: Zugegebenermaßen waren sie nicht halb so schick wie ihre.

Ich war mir nicht ganz sicher, welche Erklärung die richtige war, aber – in Anbetracht ihres Charakters – tippte ich auf die Nummer drei. Auch wenn ich weiterlief und so tat, als wäre es die Nummer eins gewesen.
Okaaay … Jetzt hatte ich also Mr Grank, die Kreischstimme, einen Mini-Miller *und* den Prinzessinnentrupp an der Backe. Konnte dieser Tag noch schlimmer werden?

KAPITEL 7

DIE GROSSARTIGEN!

Ungefähr fünf Millionen Stunden später war die Schule endlich aus. Jetzt, am Ende des Schultages, dachte ich daran, mir ICH BIN RAFE KHATCHADORIANS SCHWESTER auf die Stirn tätowieren zu lassen, damit es nicht jeder noch einmal extra erwähnen müsste.

Nachdem die Klingel das Ende der letzten Unterrichtsstunde verkündet hatte, stieg Missy in ihre mit Juwelen besetzte Limousine und ich rannte zum Bus. Viereinhalb schleudertraumaverursachende Kilometer später war ich wieder heil zu Hause, wo meine Freundinnen Nanci, Mari und Patti auf mich warteten. (Ja, ich durfte mit ihnen abhängen, auch wenn mein Name nicht auf i endet und wir nicht auf dieselbe Schule gehen.) Wir saßen am Küchentisch und mampften noch ofenwarme Kekse mit Schokostückchen, die meine Oma gebacken hatte. Oma Dotty lebt mit uns zusammen.

»Wie sieht's aus, Georgia?«, sagte Mari mit vollem Mund und lächelte. »Bist du bereit?«

»Und wie«, sagte ich.

»Nur noch einen letzten Cookie«, sagte Nanci und schnappte sich fünf. Ich habe nicht den leisesten Schimmer, weshalb sie so dünn ist.

»Was ist mit deinem T-Shirt passiert?«, fragte Patti.

»Kartoffelbrei«, erklärte ich. »Hat mir jemand draufgeschmiert.«

»Was für eine Verschwendung.« Patti schüttelte den Kopf, während sie ihr Batik-Shirt aus Naturbaumwolle glatt strich. Patti ist sehr umweltbewusst.

»Nächstes Mal werde ich dem Kerl was erzählen«, versprach ich.

Dann liefen wir in die Garage, um zu proben.

Ich schaltete meinen Verstärker ein und nestelte an meiner E-Gitarre herum. Ja, so sieht's aus, ich bin in einer

Mit Nanci, Mari und Patti hatte ich mich im Sommer angefreundet. Sie alle gehen auf Rafes Kunstschule und ich habe sie beim Schulpicknick im Frühling kennengelernt. Mom hatte darauf bestanden, dorthin zu gehen, da Rafe kurz zuvor, gegen Ende des Schuljahres, noch auf die Airbrook-Kunstschule gewechselt hatte. Wir hatten einen Nachtisch mitgebracht, was extrem hilfreich ist, um sich mit einer Fressmaschine wie Nanci anzufreunden.

Und Nanci hatte Patti und Mari im Schlepptau. Wir unterhielten uns übers Backen, dann über Kunst (Nanci stellt geniale Skulpturen her und Mari und Patti können ganz toll malen) und dann über Musik. Es stellte sich heraus, dass Nanci Schlagzeug spielt, Mari Bass und Patti Keyboard. »Wir brauchen nur noch eine E-Gitarristin«, meinte Mari.

Also sagte ich:

Am nächsten Tag besorgte ich mir auf einem Flohmarkt eine elektrische Gitarre und einen Verstärker. Oma Dotty liebt Flohmärkte und irgendwie gelang es ihr, den Typen, der die Sachen verkaufte, so weit herunterzuhandeln, dass wir insgesamt nur noch drei Dollar dafür zahlen mussten. Der Rest ist Geschichte.

Nun ja … Er *wird* einmal Geschichte sein. Sobald wir berühmt geworden sind.

Natürlich war Rafe stinkwütend, dass ich an der Airbrook-Kunstschule tatsächlich früher Freunde gefunden hatte als er. Das allerdings machte mich nur noch *glücklicher*, in der Band zu sein. Wir nannten uns Die Großartigen! und unser Traum war es, in diesem Jahr auf dem Schulball zu spielen.

Mom erlaubte uns, das Equipment in der Garage unterzustellen, also brauchten wir uns nur noch an die Instrumente zu machen. »Sollen wir unser Erkennungslied spielen?«, fragte ich.

»Ja, lasst uns jammen!«, rief Mari – und dann fegten wir das Garagendach weg!

QUIIIETSCH!
Ist das Musik? Oder ein Feuermelder?
Ay, Caramba!

KAPITEL 8

DIE STINKER!

Äh, habe ich gerade gesagt, wir fegten das Garagendach weg?

Nicht ganz. Es klopfte nämlich jemand an die Durchgangstür, die die Garage mit der Küche verbindet. Eine Sekunde später steckte Rafe seinen ungewaschenen Kopf in unseren »Probenraum«.

»Verschwinde«, sagte ich. Es war schlicht ein Reflex.

Rafe ignorierte mich (auch so ein Reflex). »Kann ich bei der Bandprobe dabei sein?«

»Nein!«, schrie ich, aber Mari hatte bereits »Klar, Rafe« gesagt und Patti ergänzte: »Los, komm doch rein!« Und bevor ich wusste, wie mir geschah, ließen sie meinen Bruder auf einem Klappstuhl Platz nehmen, der direkt neben dem Regal stand, auf dem wir die Papiertaschentücher und das Klopapier lagern. Rafe grinste mich an. Ich warf ihm einen bösen Blick zu.

»Es ist echt cool, dass ihr Mädels eine Band gegründet habt«, sagte Rafe. Dann wandte er sich an mich. »Ich wusste gar nicht, dass du Gitarre spielen kannst.«

»Ohne Georgia würde es diese Band überhaupt nicht geben«, meinte Mari.

»Ach, wirklich?« Rafe sah höhnisch in meine Richtung. Er lehnte sich auf seinem Stuhl weit nach hinten und ich wünschte mir, er würde umkippen und auf dem Boden landen. »Welche Art von Musik macht ihr denn?«

»Laute«, erwiderte Nanci.

Mein Bruder grinste wieder. »Die hab ich am liebsten!«

Mari, Nanci und Patti lachten. Sie sind wirklich freundliche Menschen, und das kann hin und wieder eine echte Plage sein. Zum Beispiel, wenn sie nett zu meinem Bruder sind.

»Eins!«, rief Mari. »Zwei! Eins-zwo-drei-vier!«

Wir spielten noch einmal unser Erkennungslied. Ich gab mittendrin ein kleines Gitarrensolo zum Besten, aber das geschah eher aus Versehen. Meine Finger hatten sich einfach in den Saiten verheddert. Hey, ihr müsst Nachsicht mit mir haben – schließlich hatte ich noch nie im Leben Gitarrenunterricht, okay? Ich hatte mir das Spielen selbst beigebracht, indem ich mir Musikvideos angeschaut hatte. Ich konnte mit der Gitarre in die Luft springen, mich drehen, ich konnte sogar auf allen vieren kriechen, während ich spielte. Ich traf nur einfach nicht den richtigen Ton.

Als das Lied zu Ende war, zwirbelte Nanci nervös an einer ihrer blauen Locken. Sie hat schwarze Haare mit türkisenen Strähnen und trägt gerne zerrissene Jeans, Springerstiefel und T-Shirts, auf denen Comic-Superhelden zu sehen sind. »Also – was denkst du?«, fragte sie meinen Bruder.

Glücklicherweise bekam Rafe keine Gelegenheit zu antworten,

weil Oma Dotty im selben Augenblick den Kopf durch die Durchgangstür steckte. »Habt ihr gerade auch dieses schreckliche Krachen und Gejaule gehört?«, wollte sie von uns wissen. »Es hat geklungen, als ob das Dach unter einer Horde Brüllaffen zusammengebrochen wäre oder ein LKW voller Katzen umgekippt ist.«

»Äh, nein«, erwiderte ich.

»Es ist wohl besser, wenn ich vorsichtshalber den Tierschutzverein anrufe«, sagte sie und schlug die Tür zu.

»Waren wir wirklich so schlecht?«, fragte Mari. Sie sah Rafe dabei an – als ob sein Urteil hier irgendeine Rolle spielen würde.

»Nein.« Rafe schüttelte den Kopf.

»Oh, ein Glück.« Nanci sah erleichtert aus.

»Ihr wart noch viel schlimmer«, meinte Rafe. Meine Bandkolleginnen wirkten geschockt. »Ihr solltet euren Namen in Die Stinker! ändern.«

Ich hatte Angst, dass meine Freundinnen aus der Garage laufen und nie mehr wiederkommen würden. »DU stinkst!«, feuerte ich zurück. »Ich kann dich durch die ganze Garage riechen.«

»Du riechst nur deinen eigenen Mundgeruch«, entgegnete Rafe.

Mir fiel keine gute Antwort ein, also griff ich nach einer Rolle Klopapier und

warf sie ihm an den Kopf. Rafe duckte sich lachend und verschwand wieder in der Küche.
»Stinken wir echt ab?«, fragte Mari.
»Rafe hätte diesen Kommentar sowieso abgegeben. Egal, wie wir geklungen hätten«, erwiderte ich.
»Aber wir sollten wirklich mehr *üben*«, räumte Nanci ein.
»Dann machen wir doch gleich weiter!«, schlug Mari vor.
»Los geht's!«, jubelte Patti.
Ich war nicht ganz so überzeugt. Aber wir nahmen uns noch einmal unser Erkennungslied vor und dieses Mal lief es tatsächlich besser als zuvor. Jetzt müsste ich nur noch dieses Gitarrensolo in den Griff bekommen …

KAPITEL 9

DIE WETTE

Eine ziemlich tolle Bandprobe kann einen ziemlich horrormäßigen ersten Schultag vergessen machen, aber wenn beides zusammenkommt, führt es zu vollkommener Erschöpfung.

Ich brauche eine Umarmung von Mom, dachte ich, *und ich muss ihr von diesem verrückten Tag erzählen.* Aber leider war Mom nicht zu Hause, weshalb ich nicht nur auf die Umarmung, sondern auch auf das Abendessen verzichten musste, wenn ich mir nicht selbst etwas zubereiten würde. Mom ist Kellnerin, was bedeutet, dass sie normalerweise den ganzen Abend arbeitet. Wir sind also sozusagen auf uns alleine gestellt.

Ich wünschte, ich hätte jemanden zum Reden gehabt. Aber Mari, Patti und Nanci gingen auf die Airbrook-Kunstschule, wo – jede Wette – alle Schüler (außer meinem Bruder) cool waren. Sie wussten nicht, wie es war, Wichtigtuern wie dem Prinzessinnentrupp zu begegnen. *Ich könnte mit Oma Dotty reden,* überlegte ich, *aber sie wird mir nur wieder erzählen, wie glücklich ich mich schätzen kann, nicht jeden Tag acht Kilometer zur Schule laufen zu müssen, so wie sie es tun musste.* Und ansonsten gab es nur noch eine Person, die in der Nähe war …

»Mief!«, verkündete Rafe, als er in die Küche schlenderte. »Besser lässt sich das, was eure Band da macht, nicht beschreiben, Georgia. Ernsthaft, ich halte Die Stinker! für einen guten Namen. Das klingt nach Rocklegende.«

Ich seufzte nur. Ich hatte nicht mehr die Kraft, ihm Paroli zu bieten.

»Was ist denn los? Hattest du einen schlechten Tag?«

Einen Moment lang fragte ich mich, ob es ihn tatsächlich interessierte. Dann sah ich das fette Grinsen in seinem Gesicht.

»Mein Tag war der blanke Horror«, blaffte ich ihn an. »Dank dir.«

»Dank mir?« Er zuckte nicht mit der Wimper. »Ich hab überhaupt gar keine Ahnung, wovon du sprichst.« Er öffnete die Kühlschranktür, nahm einen großen Tetrapak Orangensaft heraus und kippte sich ungefähr die Hälfte des Inhalts den Hals hinunter, ohne auch nur einmal abzusetzen. Ekelhaft.

»Du weißt ganz genau, wovon ich spreche«, entgegnete ich.

»Von deinem Schatten, der immer noch über der HVMS liegt.«

»Das kommt daher, dass ich der einzig interessante Mensch war, der jemals auf diese Schule gegangen ist«, erwiderte Rafe. Und kippte noch mehr Saft in sich hinein.

»Ganz bestimmt. Ich habe den kleinen Bruder deines Kumpels Miller getroffen. Ich denke, wir werden von jetzt an häufiger zusammen abhängen.« Meine Stimme triefte vor Sarkasmus.

»Hat er dich belästigt?«, fragte Rafe. Jetzt war das Grinsen aus seinem Gesicht verschwunden.

»Mit dem werde ich schon fertig. Jedenfalls sind alle meine Lehrer erstaunt, dass du immer noch zur Schule gehst«, erzählte ich ihm, »und nicht längst im Gefängnis sitzt.«

Rafe zuckte mit den Schultern. »Das sind doch keine Lehrer, das sind Wärter. Gib's zu – was die HVMS angeht, hatte ich recht und du hattest unrecht.«

WAS ICH LIEBER TUN WÜRDE, ALS RAFE ZU SAGEN, DASS ICH UNRECHT HATTE

Ich würde ihm auf keinen Fall zustimmen. »Nach einem Tag kann man das noch nicht beurteilen«, meinte ich und ging hinüber zum Schrank, um eine Packung Nudeln herauszuholen. »Es wird schon noch besser werden.«

»Da irrst du dich.«

Ich drehte mich um und sah ihm ins Gesicht. »Ich bin nicht wie du, Rafe. Ich weiß, wie man Freunde findet. Ich weiß, wie man gute Noten bekommt. Ich garantiere dir, dass ich in vier Wochen glatte Einsen absgesahnt habe *und* zu den beliebtesten Mädchen der Schule gehöre.«

Der Prinzessinnentrupp wird mich anflehen, mit ihm abzuhängen, dachte ich. *Meine Lehrer werden vergessen haben, dass Rafe jemals existiert hat.*

»Wollen wir eine Wette abschließen?« Rafes Augenbrauen schnellten nach oben. »In vier Wochen wirst du genau null Freunde haben und du wirst darum betteln, die Schule verlassen zu dürfen.«

Ich verschränkte die Arme vor der Brust. »Ja. Lass uns wetten.« In Gedanken setzte ich schon alles in Gang, was möglich war.

Mein Bruder sah etwas überrascht aus. »Um was wollen wir wetten?«

»Der Verlierer erledigt einen Monat lang alle anfallende Hausarbeit für den Gewinner.«

Rafe sah sich in der Küche um, sein Blick streifte den schmutzigen Fußboden, den Stapel mit dreckigem Geschirr im Spülbecken, die Krümel auf der Anrichte. Im Rest des Hauses sah es nicht viel besser aus: wie auf den »Vorher«-Bildern einer Vorher-Nachher-Inneneinrichtungs-Doku im Fernsehen. Es gab Unmengen von Aufgaben im Haushalt – und ich würde mir noch sehr viel mehr ausdenken, wenn *ich* gewinnen würde.

Rafe grinste wieder. »Abgemacht«, sagte er und streckte mir die Hand hin. Ich schlug ein. Mein Bruder wirkte ziemlich zufrieden.

Ich konnte es kaum erwarten, ihm das dreckige Grinsen aus dem Gesicht zu wischen … und jedermann zu beweisen, dass mein einziges Problem an der HVMS darin bestand, RAFE zum Bruder zu haben.

Dein Wohlergehen steht für mich an erster Stelle, Georgia!
Medium gebraten - genau, wie du es magst!
ZISCH
FEIL FEIL FEIL
Fühle mich geehrt, dir zu dienen.
Das ist meine Lebensaufgabe.
Natürlich habe ich Weichspüler benutzt.

KAPITEL 10

EXTRASCHARF!

Oma Dotty lief in der Küche umher und sang aus vollem Hals. Sie trug einen Trainingsanzug und gestreifte Stulpen in Regenbogenfarben. »Ich habe gelesen, die sind jetzt wieder total angesagt!«, rief sie gut gelaunt.

Vielleicht im »So blamieren wir unsere Enkel bis auf die Knochen«-Universum, dachte ich.

Ich stellte einen Topf auf den Herd und schaltete die Platte an, während Oma Dotty ihre Version von »Sweet Home Alabama« schmetterte … die langsam in eine Version des Jazzklassikers »Georgia on my mind« überging … und dann in eine Version von »Omaha Hall« von Justin Bieber.

Oma hat es nicht so mit Musik. Oder mit Modetrends.

Als das Wasser kochte, gab ich die Nudeln hinein und holte etwas verwelkten Salat aus dem Kühlschrank. *Sollte nicht ein Erwachsener das Abendessen zubereiten?,* fragte ich mich, als sich Rafe tatsächlich *noch* mehr Orangensaft genehmigte und den Tetrapak leerte. Dann rülpste er so laut, dass das Geschirr im Spülbecken klirrte. Oma Dotty kicherte.

Ach ja, richtig, dachte ich. *Ich bin ja die einzige Erwachsene hier im Moment.*

Ich wusch die labbrigen Salatblätter und mischte Kirschtomaten (die ich liebe) und Streifen von grüner Paprika (die Rafe hasst) darunter, um das alte Grünzeug etwas aufzupeppen.

»Erster Gang!«, trällerte ich, als ich mit den Tellern ins Wohnzimmer kam.

Rafe warf einen Blick auf den Salat und runzelte die Stirn. »Ja, das ist echt appetitlich – wenn man ein Kaninchen ist.«

»Ich schätze, deine riesigen Ohren und deine zuckende Nase haben mich durcheinandergebracht«, schoss ich zurück.

»Es sieht wundervoll aus!«, schwärmte Oma Dotty. »So gesund.«

Rafe pickte die Paprikastreifen aus dem Salat und legte sie auf den Tellerrand. Er hatte kaum an einem Salatblatt geknabbert, als er mich auch schon fragte: »Wo bleibt denn das richtige Essen?« Ganz so, als ob ich das Hausmädchen wäre.

»Der nächste Gang ist gleich fertig«, sagte ich so fröhlich, wie es sich durch zusammengebissene Zähne nur sagen lässt.

In der Küche goss ich die Nudeln in einem Sieb ab, verteilte sie auf den Tellern und gab etwas Soße darüber.

»Hey, Georgia, das sieht tatsächlich gar nicht so furchtbar aus«, meinte Rafe, als ich den Teller vor ihn stellte.

Ich schenkte ihm ein zuckersüßes Lächeln. »Iss schnell, bevor es kalt wird.«
Rafe häufte sich eine gewaltige Menge Nudeln auf die Gabel, schob sie gierig in den Mund – und ging an die Decke. Buchstäblich.

»Na, ist's dir scharf genug?«, fragte ich, aber mein Bruder gab keine Antwort. Er war zu sehr damit beschäftigt, seine brennenden Lippen zu kühlen. Hmm. Anscheinend wusste er die Flasche extrascharfer Chili-Soße gar nicht zu würdigen, die ich über seinen Nudeln geleert hatte.

Ein Glück, dass ich nichts davon auf Omas oder meinen Teller gegeben hatte.
Nun probierte auch Oma die Nudeln. »Das ist köstlich, Georgia.«
Rafe stotterte und jaulte. Er konnte nicht richtig sprechen, aber ich wusste, was er mir zu sagen versuchte – und es hatte mit Rache zu tun. *Besser, ich verschwinde jetzt, solange er noch versucht, seine brennende Zunge in einem Glas Wasser zu löschen,* beschloss ich. Ich ließ das Geschirr im Spülbecken stehen und verschwand dorthin, wo ich mich vor Rafes Angriffen sicher fühlte.
An meinen Ort der Geborgenheit.

KAPITEL 11

MOM IST MEINE BESTE FREUNDIN

Als ich an meinen Ort der Geborgenheit kam, sah ich, dass sich dort ein fleischfressendes (aber hübsch angezogenes) Biest breitgemacht hatte.

Ihr habt es sicher schon erraten: Missy. Sie saß auf einer Eckbank in Swifty's Burgergrill, zusammen mit ihrer hochnäsig aussehenden Familie. Andächtig verspeisten sie Apfelkuchen. Ich schlich mich hinüber zum Tresen, wo ich auf einen der roten Hocker rutschte, meinen Lesestoff aus der Bücherei – *Die Bücherdiebin* – aufschlug und mir vors Gesicht hielt. *Bitte sieh nicht zu mir her,* flehte ich stumm.

»Hallo, Georgia, deine Mom wird gleich hier sein, Liebes!«, plärrte Pearl. Pearl ist neben Mom die zweite Kellnerin im Swifty's und alles, was sie tut, macht sie in voller Lautstärke. Ich drehte mich hin und her, um einen Blick zu Missy hinüberzuwerfen. Da saß sie, starrte mich mit zusammengekniffenen Augen an und hatte ein fieses kleines Lächeln aufgesetzt. Sofort drehte ich ihr den Rücken zu, während sich mein Bauch bedrohlich bemerkbar machte. *Großartig. Falls Missy zu mir rüberkommt, kann ich sie wenigstens vollkotzen.*

»Hallo, Schatz«, sagte Mom, die sich über den Tresen gelehnt hatte, um mir einen Kuss auf die Stirn zu geben.

Es kam mir so vor, als hätte ich gerade eine Oase in der Wüste erreicht. *Mom wird wissen, wie man am besten mit Missy umgeht,* dachte ich. »Mom, ich muss dich etwas fra…«

»Ich will alles hören. Bin in einer Sekunde wieder da.« Dann trug sie ein riesiges Tablett mit mehreren Tellern zu einem Tisch am Fenster. Es war sieben Uhr und im Burgergrill war die Hölle los.

Im letzten Jahr war der Burgergrill komplett niedergebrannt, aber Swifty hatte ihn mithilfe eines dicken Schecks von der Versicherung wieder aufgebaut und jetzt war es hier noch eine ganze Ecke netter als zuvor. Und voller.

Swifty rief »Fertige Bestellungen!«, woraufhin Mom hinüber zum Grill lief und die Teller abholte. Sie hielt den Zeigefinger hoch, um mir zu signalisieren: »Noch eine Minute!«

Mist – ich hatte keine »Minute«! Meine Probleme waren mir bis hierher zu meinem Ort der Geborgenheit gefolgt und drohten mich *anzugreifen.*

Nervös sah ich noch einmal zu Missys Tisch hinüber. Ihre Familie brach gerade auf. *Bitte, bitte, bitte geht einfach,* dachte ich. Ich versteckte mich hinter meinem Buch. Die Bibliothekarin hatte mir einzureden versucht, dass es noch zu schwierig für mich sei. Sie muss mich mit Rafe verwechselt haben. (Anmerkung für den Leser: Rafe hat weder *Die Bücherdiebin* noch irgendein anderes Buch gelesen, er liest nur die Comics auf den Cornflakes-Packungen.

Okay, jetzt übertreibe ich ein bisschen. Hin und wieder liest er auch die Speisekarte bei McDonald's.)

Einen Augenblick später brachte Mom mir ein Glas Schokoladenmilch. Ohne Schokolade.

»Wie war dein erster Tag an der Middle School?«, fragte sie liebevoll und legte die Arme auf den Tresen. Na endlich – etwas Zeit nur für Mom und mich.

»Oh, es war …« Ich sah zum Ecktisch hinüber. Missy war verschwunden. *Gut,* dachte ich. *Jetzt kann ich mit Mom offen über alles sprechen.* »Es war ganz okay, aber …«

»Entschuldigen Sie?« Ein glatzköpfiger Mann hielt seine Kaffeetasse hoch. »Könnten Sie noch mal nachgießen?«

»Sicher.« Mom beeilte sich, die Kaffeekanne zu holen. Während sie noch die Tasse des Mannes füllte, wollte ein anderer Gast schon bezahlen. Dann war das Essen für einen weiteren Tisch fertig, Leute verließen das Lokal, ein Löffel fiel zu Boden … Mom tauchte im Chaos ab und war unerreichbar für mich.

Ich wünschte mir so, sie könnte sich einen Abend freinehmen, mit Rafe und mir auf der Couch sitzen und einen Film schauen. Aber sie arbeitet zu viel. Und auch wenn sie zu Hause ist, ist es schwer, mit ihr allein zu sein – weil Rafe sie völlig in Beschlag nimmt.

Ich hätte wirklich gerne mit Mom über Missy gesprochen … aber es sah nicht so aus, als ob ich heute Abend Glück hätte. Ich musste wohl selbst herausfinden, was ich wegen der Prinzessinnen unternehmen könnte.

Ich würde sie mit ihren eigenen Waffen schlagen müssen.

KAPITEL 12

DER PRINZESSINNEN-DRESSCODE

Als ich am nächsten Morgen nach unten kam, wären Rafe bei meinem Anblick fast wieder die Cornflakes aus der Nase gekommen. Er musste erst mal einen Schluck Saft trinken, um nicht an seinem eigenen Lachen zu ersticken.

»Reg dich ab«, empfahl ich ihm und setzte mich auf den Stuhl gegenüber.

»Du siehst sehr hübsch aus, Georgia«, sagte Oma Dotty.

»Danke schön.«

»Steht heute in der Schule irgendetwas Besonderes an, Liebes?«, wollte Mom wissen, als sie eine Schüssel vor mich auf den Tisch stellte.

»Sie versucht sich anzupassen«, verkündete Rafe.

Ja, in Ordnung, *das* hatte ich in Wirklichkeit nicht an. Ich konnte es kaum fassen: Rafe schien kapiert zu haben, dass mein ach so zufällig ausgesuchtes Outfit geradezu nach Verzweiflung schrie. *Bin ich so leicht zu durchschauen?*

»Ja«, fuhr Rafe fort. »Georgia versucht als Erdling durchzugehen.«

Ich entspannte mich ein bisschen. Natürlich hatte Rafe meine Taktik in puncto Prinzessinnen *nicht* durchschaut. Er weiß schließlich nicht einmal, wie man eine Klopapierrolle benutzt.

Aber auch wenn er nichts davon ahnte, hatte er recht. Ich war früh aufgestanden und hatte ein Outfit zusammengestellt, dass ein bisschen nach den Kleidern aussah, die Brittany und Bethany am Tag zuvor getragen hatten – einen Rock, Leggings, Ballerinas und eine Tunika. Und heute hatte ich eine Umhängetasche statt meines Rucksacks dabei. Ich wollte mich optisch anpassen.
Selbstverständlich lief alles einwandfrei nach Plan. Von einer Sekunde auf die andere war ich die beliebteste Schülerin der HVMS.

»Bitte sag mir, dass du dich heute Morgen im Dunkeln angezogen hast«, bat Missy flehentlich und ihre Freundinnen kicherten. »Netter Versuch. Ich schätze, du bist eben einfach …« – sie lächelte eingebildet – »… superlahm.«

»Super lahm!«, quiekte Brittany, und sie und Bethany gaben sich ein High five.

Ja, und … und du bist einfach … äh … du bist eine riesengroße … ähm …

Keine einzige schlagfertige Antwort fiel mir ein. Und so trottete ich nur durch den Schulflur zu meinem Spind und ignorierte die anderen Schüler, so gut es ging.

Der Trick besteht darin, Missy aus dem Weg zu gehen, sagte ich mir, während ich die Kombination an meinem Zahlenschloss eingab. Die meisten Kinder flüchteten, wenn sie Missy den Flur entlangkommen sahen. Ernsthaft – es war wie in einem Godzilla-Film, nur noch unheimlicher.

KAPITEL 13

NICHT MEIN PROBLEM

Als die Prinzessinnen an meinem Spind vorbeistolzierten, sah ich, dass die anderen Schüler sich vor Missy und den beiden Bs wegduckten. Es war ganz so, als besäße dieser Prinzessinnentrupp eine Art »Loser-Radar«: Sie schienen in der Lage, Einzelgänger, Nerds und Kinder, die weniger Geld hatten als sie, durch den ganzen Schulflur hindurch zu orten. Ich konnte auch beobachten, wie einige Lehrer in den Klassenräumen in Deckung gingen, um dem Spott der Hochwohlgeborenen zu entgehen.

Ich schloss die Spindtür und wollte mich gerade auf den Weg zum Unterricht machen … als Rhonda um die Ecke bog.

Missy kicherte gerade über etwas, was Bethany gesagt hatte, und achtete nicht darauf, wohin sie lief. Und so rannte sie geradewegs in Rhonda hinein, die prompt auf den Hintern fiel wie ein Wackelpudding auf Schuhen. Die Bücher, die Rhonda unter den Arm geklemmt hatte, schlitterten in alle Richtungen davon. Ihr dicker Ordner schnappte auf und die einzelnen Blätter regneten wie Konfetti herab.

»Pass doch auf, Dickerchen!«, keifte Missy.

Die anderen Mädchen lachten.

»Genau, bist du vielleicht blind, oder was?«, sagte Brittany. »Oh, warte – wenn ich mir deine Klamotten so anschaue … scheinst du tatsächlich blind zu sein!« Die Prinzessinnen liefen weiter.

Und was tat ich?

Auch ich lief weiter. Was sonst?

Hey, ich habe schon genug Probleme. Ich muss eine Wette gewinnen! Außerdem werde ich an dieser Schule niemals Freundinnen finden, wenn ich hier herumlaufe und Leuten wie Rhonda helfe.

KAPITEL 14

WAHRSCHEINLICH WAR ES EIN RIESENFEHLER, ABER …

In Wahrheit ist es anders gelaufen.

In Wahrheit habe ich Rhonda geholfen, die Bücher aufzuheben. Wollt ihr wissen, warum? Das ist ganz einfach: Ich bin eine Idiotin.

Ich meine, das ist doch wohl offensichtlich, oder? Ich hatte mir fest vorgenommen, die Prinzessinnen für mich zu gewinnen und keine Freundschaften mit Leuten zu schließen, die von ihnen gehasst werden. Immerhin hatte ich eine Wette zu gewinnen.

»WIE HEISST DU?«, fragte Rhonda, als ich ihr auf die Füße half. Ich würde mich niemals nie an ihre Kreischstimme gewöhnen können. Ihre Klamotten waren heute sogar noch schrulliger als das, was sie gestern getragen hat. Jedes einzelne Kleidungsstück, das sie trug, war über und über mit Rs bedruckt.

»Ich heiße Georgia«, sagte ich, während ich die Bücher aufsammelte. »Georgia Khatchadorian.«

»DAS KLINGT WUNDERVOLL!«, kreischte Rhonda.
»Äh, danke.« Ich schenkte ihr ein kleines Lächeln und machte mich dann auf den Weg in den Unterricht.
Kurz darauf hörte ich hinter mir ein angestrengtes Keuchen.

»UND, GEORGIA, WOHNST DU IN DER NÄHE DER SCHULE?«, wollte Rhonda wissen.
»Nicht wirklich«, erklärte ich. »Ich muss den Bus nehmen.«
»ICH LIEBE BUSFAHREN! ICH NEHME IMMER DEN BUS, WENN ICH FÜR MEINE GESANGSSTUNDEN IN DIE STADT MUSS.«
Ich hörte ihr gar nicht richtig zu. »Ja, das mit dem Bus ist nicht so schlimm, finde ich.« *Müsste sie nicht eigentlich in die entgegengesetzte Richtung laufen?*
»HAST DU GESCHWISTER?«

Ist das ihr Ernst? Hat sie denn noch nie was von Rafe gehört? Wow, dieses Mädchen scheint wirklich nicht viel rumzukommen. »Ich habe einen Bruder.« Ich lief jetzt etwas schneller, aber Rhonda hielt mit mir Schritt. Ich fragte mich, was geschehen würde, wenn ich zur Toilette ginge. Oder bei Gegenverkehr im Flur.

»WAS UNTERNIMMST DU GERNE IN DEINER FREIZEIT, GEORGIA?«

Oh mein Gott, sie klingt wie eine Oma, dachte ich. »Na ja, also, ich bin in einer Band.«

»DU BIST IN EINER BAND?!«

Rhonda sagte es so, wie jeder andere sagte: »Du bist Rafe Khatchadorians SCHWESTER?!« Sie klang geschockt. Erstaunt. Vielleicht sogar panisch.

»Ja. Wir … machen Rockmusik.« Ich hatte schon sagen wollen »stinken«, aber dann wurde mir klar, dass Rhonda das mit dem Bandnamen nicht verstehen würde.

»OH MEIN GOTT, ICH WÜRDE ALLES TUN, UM IN EINER BAND ZU SEIN!« Rhonda zog ihren Bücherstapel abrupt und mit einer solchen Wucht an sich, dass ich sie schon nach hinten kippen sah. »ICH SINGE FÜR MEIN LEBEN GERN!«

Ich lachte, woraufhin Rhonda verletzt dreinblickte. Da begriff ich, dass sie es ernst gemeint hatte. »Du … singst? Du?«

»WIESO? BRAUCHT IHR NOCH EINE SÄNGERIN FÜR EURE BAND?« Sie packte mich am Arm und drückte ihn hoffnungsvoll. Und schmerzvoll.

»Nein«, sagte ich schnell. »Tut mir leid.«

»OH.« Sie wirkte niedergeschlagen. »DAS IST SCHADE. ICH BIN NÄMLICH RICHTIG GUT«, fügte sie hinzu.

»Okay«, sagte ich schließlich. »Hier habe ich jetzt Gesellschaftskunde. Ich muss dann auch mal!« Und so entkam ich ihr endlich, indem ich mich ins Klassenzimmer flüchtete.

Ich spürte, dass Rhonda mich von der Tür aus beobachtete, während ich durch die Klasse ging und mich an mein Pult setzte. Aber umgedreht habe ich mich nicht mehr. Ich starrte einfach nach vorn an die Tafel, bis es zum Unterricht klingelte und sie verschwand.

Ich bereute es *sooo* sehr, nett zu ihr gewesen zu sein.

Wenn ich nicht aufpasste, würde sie mir das komplette Schuljahr ruinieren.

KAPITEL 15

IHRE MAJESTÄT LÄSST BITTEN

Was hatte ich getan?

Was? Irgendetwas *musste* geschehen sein.

War es geschehen, weil ich ihre Folter ohne Jammern ertragen hatte? Weil ich den Pony-Rucksack ausgemustert hatte? Weil ich die Schwester eines absolut rebellischen und legendären HVMS-Helden war, der mittlerweile auf eine total hippe Kunstschule ging?

Keine dieser Möglichkeiten schien sehr wahrscheinlich. Ich wusste nur eines: Missy Trillin hatte mich gefragt, ob ich die Mittagspause mit ihr und den beiden anderen Prinzessinnen verbringen wollte.

Es muss irgendeine logische Erklärung dafür geben, dachte ich, aber begreifen konnte ich es nicht. Folgendes war passiert:

Na ja, eigentlich war es so abgelaufen:

Haha, haha, Rafe! Ich hab schon so gut wie gewonnen!

Also – okay – vielleicht wollten sie ja auch nur, dass ich ihnen Kekse mitbrachte. Heute, fürs Erste. Morgen könnte es ein Kuchen sein. Und nach einer Weile würde ich einfach so mit ihnen abhängen. Die vierte Prinzessin im Trupp.

Ich legte drei enorm große, mit M&Ms gespickte Kekse für Missy und die beiden Bs auf meinen Teller. In der Cafeteria der HVMS wird aufgewärmtes, rätselhaft aussehendes Fleisch serviert, aber der Nachtisch ist immer klasse.

Draußen im Hof setzte ich mich auf eine Bank und wunderte mich, warum nicht mehr Leute dort aßen. Es war ein schöner Tag, nur ein paar Wolken hingen wie Wattebäuschchen an einem ansonsten strahlend blauen Himmel.

»›Tschuldigung?«, rief jemand aus der Cafeteria herüber. Es war ein süßer Junge mit strohblonden Haaren. »Äh, hallo …« Er warf einen Blick zurück und trat dann durch die Tür zu mir in den Hof. »Hier draußen darfst du dich nicht aufhalten.«

»Was?«, fragte ich und sah mich um. Mein Blick blieb an einem der Cafeteria-Fenster hängen.

»Oh.« Ich fühlte mich, als hätte ich gerade einen Stiefel verschluckt: Mir war schlecht und ich konnte mich nicht von der Stelle rühren.

»Alles in Ordnung mit dir?«, fragte der blonde Junge. »Du siehst aus, als hättest du gerade einen Stiefel verschluckt.«

Plötzlich wurde die Cafeteria-Tür aufgestoßen und in einer Wolke aus Rauch erschien Mrs Stricker – die stellvertretende Direktorin der Hills Village Middle School.

Sie stürmte direkt auf uns zu.

KAPITEL 16

MRS STRICKER LIEBT MICH

Mrs Stricker preschte heran. Einen Moment lang war ich in Panik. Dann fiel es mir ein: Ich hatte ja Kekse.

»Möchten Sie einen Keks, Mrs Stricker?«, fragte ich in zuckersüßem Tonfall. »Es sind M&Ms drin.« Ich nahm den größten Keks vom Teller und hielt ihn ihr hin.

Mrs Stricker blieb sofort stehen. Sie lächelte. »Du bist doch Georgia Khatchadorian, nicht wahr?«, fragte sie mit überraschend sanfter Stimme.

Ich zeigte auf den fremden Jungen. »Er hat mich gerade darüber informiert, dass ich mich nicht im Hof aufhalten darf. Es tut mir schrecklich leid, das habe ich nicht gewusst. Bitte verzeihen Sie, dass ich gegen eine der Schulregeln verstoßen habe.«

Mrs Stricker lachte. »Oh, Georgia, sei doch nicht albern. Ich bin nur in den Hof gekommen, um dich an der Hills Village Middle School zu begrüßen.«

»Boah«, flüsterte der strohblonde Junge und sah mich mit großen Augen an. »Ist das irgend so ein Jedi-Geistestrick?«

»Es ist der Keks«, flüsterte ich zurück.

»Ich habe deine früheren Zeugnisse gesehen, Georgia«, fuhr Mrs Stricker fort, »und weiß, dass du eine gute Schülerin bist. Du hast in der dritten Klasse sogar eine Auszeichnung für herausragende schulische Leistungen erhalten. Ich denke, du hast dir das Recht erworben, dort zu essen, wo du möchtest.«

Ich muss zugeben – ich war geschockt. Rafe hatte Mrs Stricker immer wie eine Hexe auf Rädern beschrieben.

»Ich sehe, dass du da noch zwei weitere Kekse hast.« Mrs Stricker deutete mit dem Kinn zu dem Teller, der auf der Bank neben mir stand. »Erwartest du noch jemanden, Georgia?«

»Oh, nein«, log ich. »Ich … gebe einfach gerne Kekse aus.« Ich nahm einen weiteren Keks vom Teller und reichte ihn dem strohblonden Jungen.

»Hmm.« Mrs Stricker schielte hinüber zu den Fenstern der Cafeteria, wo Missy und die beiden Bs sich unter einen Tisch duckten. »Ich verstehe, was du gerade durchmachst, Liebes«, sagte sie. »Wenn es irgendetwas gibt, was ich tun kann, Georgia – *irgendetwas* –, dann komm einfach bei mir im Büro vorbei.« Sie trat ganz dicht zu mir heran und wisperte: »Ich gebe auch gerne Kekse aus.« Und dann zwinkerte sie mir zu.

KAPITEL 17

MRS STRICKER LIEBT MICH NICHT …

Habt ihr mir das gerade abgekauft? Nein, vermutlich nicht. Sobald ich aus diesem kleinen Tagtraum erwachte, begriff ich – zu meinem Entsetzen – wieder einmal, dass Rafe recht gehabt hatte.

Lasst mich eine Sache klarstellen: Mrs Stricker ist *nicht* so süß wie ein M&M-Keks. Sie ist ungefähr so süß wie ein brennendes Hundehäufchen.

Im Wesentlichen hat sich Folgendes abgespielt:

Ich erholte mich gerade noch von meiner Demütigung durch den Prinzessinnentrupp, als Mrs Stricker auf mich zustürzte.

»Der Hof darf nicht betreten werden!«, kreischte sie.

»Möchten Sie einen Keks?«, entgegnete ich.

»Wie kannst du es *wagen*, ein Mitglied des Lehrkörpers bestechen zu wollen?!«

Ich hoffte inständig, dass sie auf ihren Besen springen und davonfliegen würde, stattdessen fuhr sie mich bissig an: »Ich weiß genau, wer du bist, Rafe Khatchadorians SCHWESTER!

Du hast gegen die Schulregeln verstoßen – das bedeutet NACHSITZEN!«

»Entschuldigen Sie bitte«, meldete der fremde Junge sich zu Wort, »aber sie wusste doch nicht …«

Mrs Stricker ging auf ihn los: »Auch du wirst nachsitzen, strohblonder Schüler! In meiner Gegenwart ergreift niemand Partei für einen Khatchadorian!«

KAPITEL 18

»DAS ERSTE MAL NACHSITZEN IST BESONDERS HART« – RAFE K.

Ich muss nachsitzen. Ich, Georgia Khatchadorian, die Einser-Schülerin und für herausragende schulische Leistungen Ausgezeichnete muss nachsitzen.

Ich konnte es nicht fassen, auch dann noch nicht, als ich bereits in Ms Donatellos Zimmer saß und mich fragte, welche Folter mich hier erwartete. Was würde Rafe dazu sagen? Wenn ich es mir recht überlegte: Er selbst wäre vermutlich auch noch stolz darauf gewesen. Bäh!

Ms Donatello saß hinter ihrem Schreibtisch und betrachtete Sam Marks und mich (Sam ist der strohblonde Junge, der zufällig dazukam und versucht hatte, mir zu helfen). Ich war ihr schon einmal begegnet – bei Rafes Aufnahmeprüfung für die Cathedral-Kunstschule, die er im Jahr zuvor besucht hatte. Rafe hatte Ms Donatello immer die Drachenlady genannt. Sie wirkte schlau und irgendwie einschüchternd. Aber Rafe zufolge konnte sie auch nett sein.

Vermutlich war sie eine Mischung aus *Eragon* und … na ja, Tabaluga.

Ms Donatello verschränkte die Finger ineinander und sah mich ruhig an. »Georgia Khatchadorian«, sagte sie und lehnte sich leicht nach vorne. »Wir haben uns ja schon einmal kurz gesehen. Du bist Rafe Khatchadorians Schwester.«

Wow. Sie hatte diesen Satz, anders als alle anderen, ganz normal ausgesprochen.

»Ja, das bin ich«, bestätigte ich. Und dann, aus mir unerfindlichen Gründen, platzte es plötzlich aus mir heraus: »Ich soll Sie von Rafe grüßen.«

Ms Donatello lächelte. »Dann grüß ihn mal zurück. Mir ist zu Ohren gekommen, du bist so intelligent, dass du sogar eine Klasse übersprungen hast.«

Ich fühlte, wie ich rot wurde, und schielte zu Sam hinüber, der nicht besonders beeindruckt wirkte. »Ja«, sagte ich. Dann zog ich aus lauter Verlegenheit die Nase hoch, wodurch ich mir noch blöder vorkam.

»Bist du eine Künstlerin?«, wollte Ms Donatello wissen.

»Ähm. Ich zeichne gerne«, sagte ich. Ich schlug meinen Notizblock auf und zeigte ihr eine meiner Zeichnungen. Es war ausgerechnet ein Porträt von Rafe und mir – Rafe als riesiger Tropfen, der mich zu verschlingen versucht, während ich ihn mit Schwert und Schild abwehre.

Ms Donatello gab einen kurzen Laut von sich, so als wolle sie einen Nieser unterdrücken. »Ich sehe, dass du eine lebendige Vorstellungskraft besitzt, Georgia«, meinte sie. Sie versuchte, ihre Gesichtszüge unter Kontrolle zu bringen, aber ich sah, dass sie lächeln musste. »Sam hat auch eine blühende Fantasie.«

»Ich bin mehr so der Dichtertyp«, gab Sam zu. »Zeichnen kann ich überhaupt nicht.« Er bekam rote Ohren.

Ich wollte ihn fragen, worüber er gerne schrieb, aber in diesem Moment wurde die Tür aufgerissen. Flammen schlugen ins Zimmer. Ein abscheuliches Monster glitschte hinüber zu Ms Donatellos Schreibtisch. »Ich sehe, Sie haben die Übeltäter«, sagte Mrs Stricker.

»Die *Schüler* sind rechtzeitig erschienen«, sagte Ms Donatello. Ihre Drachenseite war nun deutlicher zu spüren – die stellvertretende Direktorin schüchterte sie nicht im Geringsten ein.

DAS ULTIMATIVE, WENN AUCH ERFUNDENE
MONSTER-LEHRER-DUELL

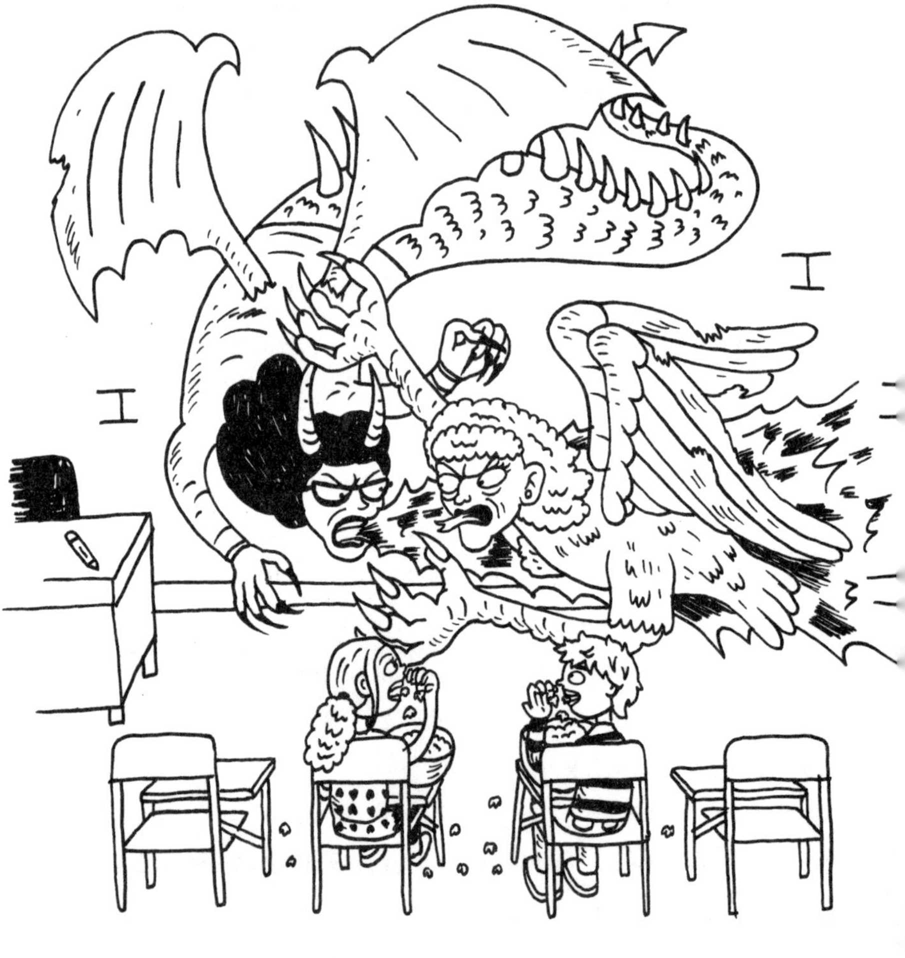

»Gut«, keifte Mrs Stricker. »Jetzt übernehme ich.«

»Üblicherweise beaufsichtige *ich* die Schüler während des Nachsitzens, Mrs Stricker.«

»Nicht, wenn eine Khatchadorian dabei ist«, knurrte Mrs Stricker. »Für diese beiden habe ich mir etwas Besonderes ausgedacht.« Sie hielt etwas in die Höhe, was aussah wie eine Kreuzung zwischen einem Buttermesser und einem Meißel.

»Sie können die Kaugummis von den Pulten kratzen.« Mrs Stricker lächelte. Jetzt sah sie noch furchteinflößender aus als zuvor.

Die Drachenlady stieß etwas Rauch aus. Ich wusste, dass sie am liebsten Nein gesagt hätte – doch sie konnte es nicht. Diese Runde hatte sie verloren.

Und so endete mein Nachsitzen damit, dass Mrs Stricker über mir stand und mich dabei beobachtete, wie ich versteinerte Kaugummis von popelverkrusteten Pulten schabte.

Ich frage euch: Ist das Leben fair?

Und ich liefere euch auch gleich die Antwort dazu: Nein.

Ich bin eine gute Schülerin. Ich arbeite hart. Ich versuche mich an die Regeln zu halten.

Rafe ist ein schlechter Schüler. Er hat versucht, jede Regel im *Verhaltenskodex der Hills Village Middle School* zu brechen. Und dennoch: Musste Rafe nachsitzen, durfte er mit Ms Donatello plaudern und zeichnen. Wahrscheinlich hat sie ihm auch noch Donuts mitgebracht.

Falls ich hier jemals wieder herauskommen wollte, würde ich Mrs Stricker beweisen müssen, dass ich kein schlechtes Kind wie Rafe war. Ich würde ALLE diese Kaugummis in Rekordzeit von den Tischen kratzen müssen …

Doch als ich mir erst einmal vorgestellt hatte, dass es sich bei den Kaugummis um Rafes Kopf handelte, ließen sie sich eigentlich recht leicht entfernen.

KAPITEL 19

EIN TAG IN DER SCHULFABRIK

Wir hatten gerade die Hälfte der Pulte geschafft, als die Schulsekretärin kam, um Mrs Stricker zu holen. Ihr Mann war am Telefon. Erstaunlicherweise ließ Mrs Stricker alles stehen und liegen, um den Anruf entgegenzunehmen. Noch erstaunlicher war, dass es überhaupt jemanden gab, der Mrs Stricker geheiratet hatte.

»Ihr zwei macht schön weiter«, sagte Mrs Stricker. »Ich komme wieder, um nach euch zu sehen.« Bei diesen Worten sah sie mir direkt in die Augen. Dann glitschte sie aus der Tür.

»Was hast du denn angestellt, dass Stricker dich so innig liebt?«, flüsterte Sam, als sie gegangen war.

»Es handelt sich um eine Verwechslung«, erwiderte ich.

»Ja, klar.« Sam grinste, als ob ich einen Scherz gemacht hätte.

»Nein, ernsthaft. Mein Bruder Rafe musste oft nachsitzen. Deshalb denkt Stricker, ich bin genauso drauf wie er.«

Sam verdrehte die Augen. »Das ist ja lächerlich.« Er werkelte mit dem Meißel an einem versteinerten Kaugummibrocken herum. »Aber so funktioniert der Laden hier. Sie behandeln uns alle so – als ob es nur eine Frage der Zeit ist, bis wir alle zu jugendlichen Kriminellen werden.«

»Alle außer dem Prinzessinnentrupp«, warf ich ein.
»Wem?«
»Oh, so nenne ich Missy Trillin und ihre Freundinnen.«
Sam lachte. »Ich nenne sie die Cheesies – die Käsemädels.«
»Warum?«

»Na ja, weil sie sich so künstlich verhalten, so als würden sie die ganze Zeit ›Cheese‹ sagen und in die Kamera lächeln. Und weil Missys Eltern doch diese Käsedinger – diese Mac N Cheesyohs – erfunden haben.«
»Trotzdem scheinen sie hier das Sagen zu haben.«
»Ja, Stricker wünscht sich vermutlich, dass wir alle so wären wie die.«

»Am liebsten würde sie uns auch in Cheesies verwandeln«, stimmte ich zu. Ich arbeitete mich an einem weiteren Klumpen Kaugummi ab, aber er rührte sich keinen Millimeter. »Das Leben wäre so viel einfacher, wenn ich mich einfach anpassen könnte«, offenbarte ich Sam.

Sam zuckte mit den Schultern. »Manchmal wäre es einfacher«, stimmte er mir zu. »Manchmal aber auch schwerer.«

»Wieso schwerer?«, wollte ich wissen.

»Sich irgendwo anzupassen braucht Zeit. Und es macht Arbeit. Du musst es immer und immer wieder versuchen und vermutlich klappt es trotzdem nicht.« Er zuckte wieder mit den Schultern. »Weshalb also sollte man sich die Mühe machen?«

Ich sah ihn einigermaßen verwundert an. Wie konnte er sich da so hineindenken? Sam trug Jeans und ein Rugby-Shirt. Sein Haar war etwas länger und verwuschelt und zwei Grübchen erschienen, wenn er lächelte. Er sah aus wie die Art von Typen, die sich überall anpassen können.

Er lächelte und ich lächelte zurück.

Und da wurde es mir schlagartig klar: Nachsitzen mit Sam Marks war das Beste, was mir seit dem ersten Schultag auf der Middle School passiert war.

KAPITEL 20

JEDE BAND BRAUCHT EINEN GROUPIE

Wir *jammten*! Das Nachsitzen war vorbei und Die Stinker! groovten in der Garage. Wir müssen einen erstaunlichen Lärm veranstaltet haben, weil die Tiere aus der Nachbarschaft vorbeikamen, um nach dem Rechten zu sehen und dann mitzujaulen. Ich wette, wir wären der Hit gewesen, wenn uns der Zoo für einen Auftritt gebucht hätte. Mit Musik wird doch jede Bestie zum Kuscheltier, stimmt's?

»DAS WAR UNGLAUBLICH!«, kreischte Rhonda, als das Lied zu Ende war. »KANN ICH ALS SÄNGERIN BEI EUCH EINSTEIGEN, MÄDELS?«

Ja, Rhonda war auch da. Sie hatte vor unserer Garage gestanden und gewartet, als ich vom Nachsitzen nach Hause kam. Heute Nachmittag in der Schule, während wir wieder unser nun schon vertrautes »Spiel der 20 Fragen« – die Rhonda-Edition – gespielt hatten, könnte ich tatsächlich erwähnt haben, dass wir heute probten. Das Lustige dabei ist, dass ich mich nicht daran erinnern kann, sie dazu eingeladen zu haben. Habt *ihr* Rhonda eingeladen?

Nein? Wieso wundert mich das nicht?

Wie auch immer, da war sie also. Und sie wollte singen.

Mari hob die Augenbrauen und sah mich an, als wolle sie sagen *Sie ist deine Freundin. Was meinst du?*

Rhonda zog unterdessen eine rührselige Show ab, in der sie den putzigen Welpen mimte, der um ein Leckerli bittet. Ich schwöre, sie hatte sogar Tränen in den Augen.

»Äh, Rhonda, wir müssen wirklich noch üben«, erklärte ich ihr.

Rhonda nickte. »OKAY, DANN VIELLEICHT SPÄTER.«

»Lass uns den letzten Song noch mal spielen«, schlug Patti vor. »Ich glaube, wir sind da auf einem guten Weg.«

Und so stürzten wir uns in die Musik. Ich gab wirklich alles und gehe davon aus, dass diesmal mindestens die Hälfte der Noten stimmte. Drei Akkorde hatte ich mir auf der Gitarre beigebracht: G, C und D. Und wie sich herausstellte, lassen die sich für fast alles einsetzen.

Wir müssen tatsächlich schon besser geklungen haben, denn Rhonda fing an zu tanzen. Nun ja, zumindest *glaube* ich, dass sie tanzte.

WELCHE BESCHREIBUNG TRIFFT ZU?

A) RHONDA TANZT

B) RHONDA BEKOMMT EINEN ELEKTRISCHEN SCHLAG

C) RHONDA IMITIERT EIN HUHN

»KANN ICH JETZT MIT EUCH SINGEN, MÄDELS?«, fragte Rhonda, sobald der letzte Ton verklungen war.

»Ähm, klar, Rhonda …«, begann Nanci, doch da hatte ich ihr schon einen Blick zugeworfen und den Kopf geschüttelt. Sie verstummte.

»Rhonda, unsere Band ist keine Karaoke-Maschine«, erklärte ich ihr gerade, als die Durchgangstür zur Küche aufgestoßen wurde. Dort stand er, mein Bruder, und hatte sich die Finger in die Ohren gesteckt.

»Ja, denn eine Karaoke-Maschine klingt normalerweise wie Musik«, meinte Rafe.

Ich wollte ihm gerade raten zu verschwinden, als Rhonda zu *lachen* begann. Ich konnte mich nicht entscheiden, wen von beiden ich zuerst erdrosseln sollte.

»Zieh Leine, Rafe!«, schrie ich.

Als er winkend und grinsend wieder in der Küche verschwand, seufzte Nanci. »Wir stinken wirklich irgendwie ab«, räumte sie ein.

»Ich finde, wir sollten uns lieber nicht für den Band-Battle anmelden«, sagte Mari.

»Ja, wir werden uns nur blamieren, wenn wir bei eurem Schulball auftreten, Georgia«, meinte Patti.

»MACHT IHR WITZE? IHR SEID TOLL!«, rief Rhonda. »IHR MÜSST EINFACH AUF DEM SCHULBALL SPIELEN.«

Unser einziger Groupie, dachte ich, als ich sah, wie Rhonda die Hände faltete und uns anflehte. Fast hätte ich ihr sogar verziehen, dass sie über Rafes Scherz gelacht hatte. (Es war doch ein Scherz gewesen, oder etwa nicht?)

»Im nächsten Schuljahr«, schlug ich vor. »Wir sind noch nicht so weit. Aber nächstes Jahr werden wir es sein.«

Mari, Nanci und Patti sahen sich an und nickten. »Ja«, sagte Mari schließlich. »Im nächsten Jahr werden wir den Schulball rocken.«

Hoffentlich, fügte ich noch hinzu, aber nur in Gedanken.

KAPITEL 21

LIEBLINGSHOBBY: RAFE VERPETZEN

Mom war heute zur Abendessenszeit zu Hause, was bedeutete, dass das Essen (a) genießbar werden und (b) nicht mein Problem sein würde. Ich hatte also etwas Zeit zum Entspannen.

Ich sah mich nach meinem Buch um, konnte es aber nirgendwo entdecken. Als ich noch einmal ins Wohnzimmer ging, fläzte Rafe auf der Couch. »Rafe, hast du mein Buch gesehen? *Die Bücherdiebin*?«

»Nein.«

»Was hast du da in der Hand?«

»Das hier?« Rafe schlug das Buch zu, das er in den Händen hielt, und betrachtete angestrengt das Cover. »*Die Bücherdiebin*.« Dann begann er wieder darin zu lesen.

Zu *lesen*!? Was zur Hölle? Rafe liest doch gar nicht!

Ich stemmte eine Hand in die Hüfte und streckte die andere fordernd aus. »Gib her.«

»Weißt du, was ich an diesem Buch so mag?«, fragte Rafe beiläufig.

»Nein …«

»Gib es her!«, sagte ich und riss ihm das Buch aus der Hand. »Mom!« Während ich wutentbrannt in die Küche stapfte, hörte ich Rafe hinter mir lachen.

»Was ist denn, Liebling?« Mom blickte von den Möhren auf, die sie gerade raspelte. Sie sah müde aus.

»Rafe hat mein Buch gestohlen«, sagte ich.

»Rafe?« Moms Gesicht hellte sich auf. »Er wollte dein Buch lesen?«

Mist – das läuft jetzt in die falsche Richtung, dachte ich. Ich entschied mich für eine andere Taktik. »In Rafes Zimmer klebt seit Monaten überall altes Kaugummi.«

»Was?« Mom legte das Messer hin.

»Rafe hortet ausgekaute Kaugummis«, erzählte ich ihr. »Er sammelt sie sogar auf dem Klo.«

Das reichte.

»Rafe!«, rief Mom und stampfte aus der Küche. Ich konnte praktisch sehen, wie sie vor Wut dampfte.

Ha! Rache ist süß. Oder, wie in Rafes Fall, alt und klebrig.

KAPITEL 22

MOM IST MEIN SCHLIMMSTER ALBTRAUM

Die schlechte Nachricht: Mom mag es nicht, wenn ich Rafe verpetze. Manchmal kann ich aber einfach nicht anders. Noch bevor sie sich Rafe vorknöpfte, schickte sie mich also auf mein Zimmer – was mich nicht sonderlich überraschte.

Die gute Nachricht: Es ist ziemlich hellhörig bei uns im Haus und so konnte ich jedes Wort der Standpauke verstehen, die Mom Rafe hielt. Außerdem hatte ich Popcorn!

Wow – Moms Untersuchung von Rafes Kaugummi-»Sammlung« war wirklich gründlich. Sie fand sogar den, den ich in seiner Sockenschublade versteckt hatte.

Rafe war natürlich fuchsteufelswild. Er stritt ab, dass die Kaugummis von ihm stammten, was Mom aber nur noch wütender machte.

Eine Zeit lang war das ganz lustig. Unglücklicherweise dauerte es nur sieben Minuten. Dann kam Mom in *mein* Zimmer.

Während sie die Tür öffnete und dann sanft hinter sich schloss, verstaute ich das Popcorn unter meinem Bett. Mom atmete tief durch, sie seufzte beinahe und sah mich an. »Jemand von der Schule hat mich angerufen«, sagte sie.

»Oh.« Eine eisige Kälte fuhr mir in die Glieder – ich fror bis auf die Knochen. »Ähm – weswegen denn?«

»Wegen des Nachsitzens.«

»Ich wollte dir ja davon erzählen …« Sie hob die Hand und ich biss mir auf die Lippen. »Entschuldige«, murmelte ich.

Mom setzte sich ans Fußende meines Bettes und fuhr sich mit den Fingern durch die blonden Haare. »Georgia, du weißt doch, dass Rafe an der Hills Village Middle School eine Menge Fehler gemacht hat«, fing sie an.

»Ich bin nicht wie er«, sagte ich schnell.
»Ich will einfach nicht, dass du das durchmachst, was er durchgemacht hat.« Mom hatte Tränen in den Augen und ich fühlte mich *schrecklich. Das ist viel schlimmer, als angeschrien zu werden*. Ich hatte immer versucht, das Kind zu sein, um das Mom sich *keine* Sorgen machen musste. In diesem Moment hätte ich alles gegeben, um mit Rafe zu tauschen. Mir wäre es lieber gewesen, Mom wäre sauer auf mich gewesen, statt enttäuscht von mir zu sein.
War das nicht verkehrte Welt, wenn Rafe freiwillig etwas las und ich Mom zum Weinen brachte, weil ich nachsitzen musste?

»Ich werde nie wieder nachsitzen müssen«, versprach ich ihr. »Ganz bestimmt nicht.«
»Ich bin froh, das zu hören, Liebes«, sagte Mom und drückte mich an sich.
Ich schwöre, ich hatte nie vor, mein Versprechen sooo schnell zu brechen.

KAPITEL 23

GRÜN IST DIE HOFFNUNG

Ich rückte das Handtuch auf meinem Kopf zurecht und sah hinüber zum Bett. Beim Anblick der Kleider, die ich mir dort zurechtgelegt hatte, kam ich ins Grübeln. *Was ist sicherer?*, überlegte ich. *Jeans oder Leggins?*

Ich entschied mich für die Jeans und ein schlichtes rotes T-Shirt ohne Aufdruck. *Ich darf den Prinzessinnen keine Angriffsfläche bieten,* dachte ich.

OUT

WITZIGE SOCKEN - ZU AUFFÄLLIG

GEPUNKTETER SCHAL - ZU PRIVATSCHULMÄSSIG

PLATEAU-SCHUHE - GESCHMACKSSACHE

Ich zog mein »sicheres« Outfit an, kramte ein paar einfarbige braune Socken hervor und stieg in meine kurzen schwarzen Stiefel. Dann machte ich mich daran, mir die Haare zu föhnen.

Keine Zöpfe, dachte ich. *Kein Gel. Trag die Haare einfach offen.* Ich nahm das Handtuch vom Kopf.

»Rafe!«, schrie ich, flog die Treppenstufen nur so herunter und stürmte in die Küche. »Jetzt reicht's! Es REICHT!«

Rafe brach in schallendes Gelächter aus. Mom stellte sich zwischen uns, was ein Glück war – für Rafe.

»Oh, grüne Haare!«, sagte Oma Dotty fröhlich. »Sehr mutig von dir, Georgia! Ich *liebe* Punkrock!«

»Rafe, bist *du* dafür verantwortlich?«, fragte Mom.

»Und wie«, stieß Rafe zwischen zwei Lachanfällen hervor.

»Ich schieb dir gleich den Cornflakeslöffel durch die Nase hoch bis ins Hirn!«, schrie ich meinen Bruder an. Feuchte, zerzauste Haare klatschten mir ins Gesicht.

»Das wäre es wert!«, rief Rafe fröhlich. »Du siehst aus, als hättest du Algen auf dem Kopf!«

»Weshalb tust du so etwas?«, stellte Mom ihn zur Rede.

»Georgia weiß, warum«, keifte Rafe mit einem bösen, triumphierenden Grinsen.

»Das ist eine ernste Sache, Rafe«, meinte Mom. Ein Anflug von Schuldgefühlen huschte über das Gesicht meines Bruders. Er hasst es genauso sehr wie ich, Mom zu enttäuschen.

»Das wäscht sich wieder raus ...«, meinte er dann. »Nach einer Weile.«

»Wie lange wird es dauern?«, fragte ich.

»Eine Woche?«

»Mom!«, schrie ich.

»Rafe, ich habe heute Morgen keine Zeit, um mich mit dir zu befassen. Aber dafür wirst du bestraft.« Dann legte sie mir sanft die Hand auf die Schulter. »Georgia, vielleicht könntest du einen Hut oder etwas Ähnliches aufsetzen.«

»Wie wär's, wenn du dir eine Papiertüte über den Kopf stülpst?«, schlug Rafe vor.

Mom warf ihm einen Blick zu, der ihn augenblicklich zum Schweigen brachte.

Keine Hüte, dachte ich grimmig. »Ich werde es einfach über mich ergehen lassen.«

»Rock the Casbah!«, rief Oma Dotty laut.

Ich hatte keine Ahnung, was es mit diesem »Casbah«-Ding auf sich hatte, aber irgendwie verstand ich, was sie mir sagen wollte. *Mission: Pass dich an* war gegessen. Ab jetzt würde ich mich zusammenreißen und mich mental auf das vorbereiten, was auch immer als Nächstes kommen würde.

Und los!

KAPITEL 24

DU HAST DIE HAARE SCHÖN

Von dem Augenblick an, als ich durch die Schultür trat, waren alle Augen auf mich gerichtet. Was für eine Überraschung. Oma Dotty war so begeistert über meinen »Punk«-Style gewesen, dass ich mir dachte, genauso gut könnte ich auch ganz in der Rolle aufgehen. Bevor ich das Haus verließ, hatte ich mir noch eine glitzernde Spange ins Haar gesteckt.

Als ich Rhonda vor ihrem Spind entdeckte, senkte ich den Kopf und sah zur anderen Seite. Ich wollte nicht gemein sein – ich hatte nur einfach keine Lust, zehn Milliarden Fragen über meine Haare zu beantworten. Aber mein gesenkter Kopf führte dazu, dass ich fast in jemanden hineinlief.

»'Tschuldige.« Gerade noch rechtzeitig war ich ausgewichen, um einen Zusammenstoß mit Sam Marks zu verhindern.

Der blieb stehen. »Wow!«, rief er, nachdem er mich erkannt hatte. Ich wurde rot. »Du siehst aus wie …« Er zögerte und schüttelte den Kopf. »Wie ein Blatt … benetzt mit glitzerndem Tau.«

»Ähm, danke.« Ein Kompliment hatte ich nicht erwartet – zumindest hielt ich es für ein Kompliment – und wusste nicht, wie ich damit umgehen sollte. »Du siehst auch gut aus«, erwiderte ich schließlich, was überhaupt keinen Sinn ergab. Er trug einfach nur ein T-Shirt und Jeans.

Und dann erklang die Stimme, auf die ich schon – ängstlich – gewartet hatte.

»Oh mein Gott!«, kreischte Missy. »Jetzt nimmt sie nicht mehr nur die Heckenschere, sondern macht gleich selbst einen auf Hecke!«

Mir war bewusst, dass ich aussah, als ob mir jeden Moment Pusteblumen aus dem Kopf sprießen würden. Trotzdem tat es weh, Missy darauf herumreiten zu hören.

Als die Prinzessinnen mich umzingelten, zuckte ich zusammen. »Jetzt passt die Frisur zum Gesicht: Beides ist potthässlich«, sagte Brittany.

»Und ich dachte, ihre *frühere* Frisur sei schlimm gewesen«, pflichtete Bethany ihr bei.

»Lasst es gut sein, Mädels«, sagte Sam, wodurch ich mich noch unwohler fühlte als durch die Beleidigungen. Ich wollte nicht, dass er das alles mitbekam.

Missy ignorierte ihn und spitzte die Lippen.

»Sie macht eben ein haarsträubendes Jahr durch.«

Übten sie solche Sprüche eigentlich zu Hause vor dem Spiegel?

Dann verzog Missy das Gesicht zu einem selbstgefälligen Lächeln. Ein Lächeln, das mir ganz und gar nicht gefiel. »Ihre Frisur ist nicht nur scheußlich«, sagte sie theatralisch, »sie ist auch *superlahm.*«

Während die beiden anderen Prinzessinnen schallend lachten, kämpfte ich mit den Tränen. Mein Gesicht brannte und durch meinen Körper schien kein Blut mehr zu fließen, sondern ätzende Säure. Es war ein Gefühl, als würde ich mich langsam, aber sicher auflösen.

»Haltet die Klappe!«, schrie Sam.

Missy starrte ihn an. Ich starrte ihn an. Ich glaube, *alle* starrten ihn an.

»Du hältst dich ja für so toll, Missy«, fuhr Sam fort. »Aber im Grunde hassen dich alle wie die Pest!«

Na ja, ganz so ist es nicht zugegangen. Es lief eher so ab:
Missy warf ihr Haar zurück. »Oh, hast du das etwa gerade mit anhören können, Sam? Das wird wohl daran liegen, dass du so riesige Ohren hast.«
Sam schüttelte nur den Kopf, ganz so, als sei Missy nichts weiter als ein nerviges Stück Klopapier, das an seinem Schuh klebt und nicht abzuschütteln ist. Dann wandte er sich an mich. »Alles in Ordnung bei dir?«, fragte er sanft.

Ich wollte ihm antworten. Ich habe es wirklich versucht. Ich öffnete den Mund. Leckte mir über die Lippen. Aber nichts kam heraus. Aus irgendeinem Grund machte Sams Freundlichkeit die Gemeinheiten der Prinzessinnen noch schlimmer und ich konnte es nicht länger ertragen. Ich konnte einfach nicht.

Also rannte ich davon.

KAPITEL 25

ES GING GAR NICHT UM MEINE HAARE

Meine grünen Haare waren mir völlig egal. Na gut, okay, sie waren mir *ziemlich* egal.

Das *Andere* war es, das ich nicht mehr ertragen konnte. Ich weiß, ihr seid gerade verwirrt. Seht mal, es gibt da eventuell ein oder zwei Dinge, die ich aus diesem Buch bisher herausgehalten habe. Da wäre zum Beispiel die Tatsache, dass eines meiner Beine kürzer ist als das andere. Ich trage Spezialschuhe, um den Unterschied auszugleichen. Das hilft ein bisschen, aber dennoch hinke ich ein wenig.

Alles klar?

Wahnsinnig witzig, oder?

Und was »klipp-klapp« angeht: Damit machten sich die Prinzessinnen über das Geräusch lustig, das entsteht, wenn ich gehe. Ich schätze, ich laufe ein bisschen holprig.

In Wahrheit hatte ich gleich beim ersten Mal begriffen, was sie mit »klipp-klapp« gemeint hatten. Aber vermutlich war mir zu diesem Zeitpunkt noch nicht danach gewesen, es euch zu erklären. Das versteht ihr doch, nicht wahr? Ich bin jedenfalls keine Lügnerin.

(Was? Auch Rafe hat mein kurzes Bein nie erwähnt? Also, das ist ... interessant.)

An meiner alten Schule hat nicht einmal jemand bemerkt, dass ich hinke. Okay, selbst wenn es einigen aufgefallen ist, haben sie sich nicht weiter darum gekümmert. Manchmal war es natürlich schon ein Thema. Zum Beispiel, wenn ich beim Staffellauf immer als Letzte in eine Mannschaft gewählt wurde.

Aber das kam nicht allzu häufig vor. Alles in allem habe ich wirklich nicht oft darüber nachgedacht. Die anderen Schüler waren an mein Hinken gewöhnt und akzeptierten mich so, wie ich war.

Aber jetzt, auf der Middle School, war alles vollkommen anders. Je mehr ich versuchte, mich anzupassen, umso mehr fiel ich auf. Ich kam mir vor wie eine kostenlose Jahrmarktattraktion, die man einfach anstarren musste. *Gratis-Freak-Show! Beobachten Sie das lahme Mädchen in seiner natürlichen Um-*

gebung! Machen Sie sich über sein Haar lustig! Lästern Sie über sein Outfit! Erinnern Sie sich noch an seinen verrückten Bruder?

Es ist also kein Wunder, dass ich mich nach diesem Zwischenfall auf dem Mädchenklo einschloss und heulte. (So viel ist sicher, auf der Middle School geht es nur um Äußerlichkeiten.) Ich putzte mir die Nase mit Klopapier und versuchte tief durchzuatmen, obwohl mein ganzer Körper bebte.

Ich fragte mich, ob es möglich wäre, für immer in dieser Klokabine zu bleiben. Mit kostenlosem WLAN-Zugang müsste ich der Welt vielleicht niemals wieder mein Gesicht zeigen.

KAPITEL 26

ICH WERDE VERFOLGT

»ALLES IN ORDNUNG?«

Da stand sie. Als ich endlich den Mut gefasst hatte, die Kabine zu verlassen, wartete Rhonda, eine Rolle Klopapier in der Hand, vor den Waschbecken auf mich. Was für eine Überraschung.

Ich stieß einen Seufzer aus, aus dem ein Schluckauf wurde. Ich konnte mich nicht entscheiden, ob ich froh war, sie zu sehen, oder ärgerlich, dass sie mir bis zur Toilette gefolgt war. Vermutlich beides.

»Mir geht's gut, danke.« Ich nahm ihr die Klopapierrolle aus der Hand und riss etwa ein halbes Dutzend Blätter ab. Ich hatte wirklich eine Schniefnase.

Dann spritzte ich mir Wasser ins Gesicht und trocknete mich mit den rauen braunen Papierhandtüchern ab. Es folgte ein prüfender Blick in den Spiegel. Ich sah ziemlich abscheulich aus. Grüne Haare, ein rotes, fleckiges Gesicht ... wie aus einem Muppets-Film.

Rhonda klopfte mir auf den Rücken, während ich zur Tür ging. Ich wusste ihre stille Unterstützung zu schätzen. Leider hatte es mit der Stille ein Ende, sobald wir auf den Flur traten.

»ICH MAG DEINE NEUE HAARFARBE SEHR! WESHALB HAST DU DICH GERADE FÜR GRÜN ENTSCHIEDEN?«

Ich schnaubte. »Das war die Idee meines Bruders.« Schon lustig, dass den Leuten – von den Prinzessinnen einmal abgesehen – meine grünen Haare zu gefallen schienen. Vielleicht war Rafe am Ende doch nicht so durchgeknallt.

»WIRST DU DIE FARBE BEIBEHALTEN?«, fragte Rhonda. »DAS SOLLTEST DU UNBEDINGT! FÜR EINEN ROCKSTAR IST DAS GENAU DAS RICHTIGE! ODER DU PROBIERST VIELLEICHT EIN PAAR UNTERSCHIEDLICHE FARBTÖNE AUS? WAS HÄLTST DU VON LILA?«

Erstaunlich, wie schnell Rhonda immer neue Fragen einfielen. Sie brauchte überhaupt keine Antworten.

»ICH FINDE ES GROSSARTIG, DASS DU DEN MUT HATTEST, DEINE HAARE GRÜN ZU FÄRBEN«, sprudelte es weiter aus ihr heraus. »DU UND ICH, WIR SIND UNS SEHR ÄHNLICH – WIR BEIDE HABEN DEN MUT, ANDERS ZU SEIN, STIMMT'S, GEORGIA?«

Sie sprach jetzt noch eine Oktave schriller als sonst, und es starrten uns bereits einige Leute an, als wir so über den Schulflur liefen. »Ich versuche gar nicht, anders zu sein«, sagte ich bissig.

»DU BIST EINFACH NUR DU SELBST!«, quietschte Rhonda fröhlich. »WIR SIND, WAS WIR SIND!«

»Rhonda! Wir beide sind uns *nicht* ähnlich, okay?«, keifte ich wütend in einem Ton, den ich sonst nur bei Rafe anschlage. »Würdest du also bitte aufhören, mir hinterherzulaufen?!«

Rhonda erstarrte. Tränen stiegen ihr in die Augen.

Ich bin der schlechteste Mensch der Welt, dachte ich. Rhonda anzuschreien ist so, als würde man einen hilflosen Welpen anschreien, der nicht anders kann. »Es tut mir leid, Rhonda – ich hab nur …«

Ihre Miene hellte sich auf. »DU HAST EINFACH NUR EINEN SCHLECHTEN TAG!«

»Ja«, erwiderte ich. »Genauso ist es. Und das sollte ich nicht an dir auslassen.«

»IST SCHON GUT«, sagte Rhonda. »JEDER HAT MAL EINEN

SCHLECHTEN TAG. WEISST DU, WAS MIR MAL PASSIERT IST? ICH HABE MEINEN ROCK VERSEHENTLICH IN MEINE UNTERHOSE GESTECKT UND …«

Und so ging es weiter und immer weiter auf unserem Weg durch den Flur.

Wie ich schon sagte, sie kann nicht anders.

KAPITEL 27

HALTET DEN BÜCHERDIEB!

Oh Wunder!

Ich hatte gerade meine erste Unterrichtsstunde hinter mich gebracht und es war NICHTS Schreckliches geschehen.

Mr Grank hatte meine Haare nicht einmal erwähnt, woraufhin ich mich gefragt hatte, ob er farbenblind war. Das zumindest würde einige *seiner* Outfits erklären.

Dann klingelte es zur zweiten Stunde. Jetzt wurde es aber langsam Zeit, dass etwas Furchtbares geschah, meint ihr nicht auch? Ich war noch keine drei Schritte aus dem Klassenzimmer gegangen, als mir Mini-Miller mein Buch aus den Händen riss.

»Das kommt davon, wenn man zu langsam läuft, Hinkebein.«

Dann setzte er ein enorm dummes Grinsen auf.

»Liest du überhaupt?«

Mini-Miller hob seine gewaltigen Schultern und ließ sie wieder fallen. »Nö.«

Ich stemmte die Hände in die Hüfte. »Was willst du dann bitte mit *Die Bücherdiebin*?«

Mini-Miller schnaubte.

»Na, was schon«, meinte er.

»Auf eBay verticken.«

Na toll. Dank mir würde Mini-Miller bald zum Internet-Millionär werden.

Seufzend sah ich Mini-Miller hinterher, der beschwingten Schrittes den Gang hinunterlief. Ich war fassungslos, dass *Die Bücherdiebin* von einem echten Bücherdieb gestohlen worden war. Konnte dieser Tag noch schlimmer werden?

Und ob!

Denn als Mini-Miller gerade um die Ecke verschwand, stürzte Mrs Stricker an ihm vorbei in die andere Richtung – in *meine* Richtung.

Im selben Moment, in dem sie mein Haar sah, hellte sich ihre Miene auf. Es war offensichtlich, dass ich ihr den Tag gerettet hatte. Allerdings nicht auf eine gute Art und Weise.

»Grüne Haare, Rafe Khatchadorians SCHWESTER?!«, kreischte sie. »Das verstößt gegen die Schulordnung! Wir sehen uns beim Nachsitzen!«

Und fort war sie, um fröhlich die neue, frisch gedruckte Version des *Verhaltenskodex der Hills Village Middle School* zu verteilen.

KAPITEL 28

MEINE SECHS LIEBLINGSBÜCHER IN DIESEM JAHR (BIS JETZT)

Wer von euch möchte mit seiner Buchbesprechung anfangen?«

Noch bevor Mr Mahoney die Frage ausgesprochen hatte, schoss meine Hand in die Luft. Lehrer sind immer beeindruckt, wenn man Begeisterung zeigt. Ich wollte beweisen, dass ich nicht Rafe Khatchadorian war! Mrs Stricker hatte mir meine Verwandtschaft gerade erneut vorgehalten, aber seit mehr als einer Woche hatte mich keiner der anderen Lehrer mehr Rafe genannt. Wenn ich mit meiner Buchbesprechung fertig war, hätte ich den Namen meines Bruders aus dem Gedächtnis jedes Schülers und Lehrers radiert – für immer.

»Möchte sonst noch jemand beginnen?«, fragte Mr Mahoney. »Irgendjemand?«

Ich ließ die Hand in der Luft und sah mich in der Klasse um. Niemand sonst rührte sich.

Mr Mahoney seufzte laut. »In Ordnung, Ms Khatchadorian«, sagte er. »Du kannst anfangen.«

Ich nahm meinen Bücherstapel (in dem ein Buch fehlte) mit nach vorne und räusperte mich. »Ich weiß, dass wir eigentlich nur über ein Buch sprechen sollen«, sagte ich lächelnd, »aber ich konnte mich nicht entscheiden, welches ich am liebsten habe. Also habe ich mich auf sechs beschränkt …«

»Du hast nur fünf Bücher dabei«, warf Mr Mahoney ein.

»Eines davon ist mir gestohlen worden«, erklärte ich. *»Die Bücherdiebin.«*

Mr Mahoney runzelte die Stirn. »Soll das ein Scherz sein? Versuchst du, witzig zu sein, Georgia Khatchadorian?«

»Äh, nein. Das ist leider kein Witz.« Hier lief irgendetwas in die falsche Richtung. »Ich würde meine Buchbesprechung gerne mit einem Gedicht aus *Die Outsider* beginnen. Es stammt von Robert Frost.« Ich kniete mich hin und streckte meine Arme aus, damit sie wie Blütenblätter aussahen. *»Gold ist das erste Grün der Fluren«*, zitierte ich, *»vergänglichste der …«*

Mr Mahoney unterbrach mich. »Hast du dir dein Haar für diese Darbietung grün gefärbt? Damit es zum Gedicht passt?«

»Äh, ja?« Ich hörte einige Schüler kichern, aber das war mir egal. Mir war es lieber, die anderen dachten, ich hätte meine Haare grün gefärbt, um eine Eins in Englisch zu bekommen, als dass sie mich für das Opfer eines Streichs hielten. Oder annahmen, ich hätte es getan, um cool zu sein. Weil es definitiv *nicht* cool war.

»Ich habe genug gehört«, sagte Mr Mahoney. »Setz dich.«

»Wie bitte?« Ich blinzelte überrascht. *Hält er meine Buchbesprechung für so genial, dass ich sie nicht einmal zu Ende bringen muss?*

»Ihr Khatchadorians denkt, dass alles nur ein einziger großer Witz ist«, knurrte Mr Mahoney. Er kritzelte etwas in sein Notizheft. »Du bekommst eine Fünf.«

Einen Moment lang konnte ich mich nicht bewegen. Eine Fünf. Er gab mir eine Fünf. In meinem ganzen Leben war ich nie schlechter benotet worden als mit einer Zwei plus!

»Setz dich bitte hin, Georgia Khatchadorian«, wiederholte Mr Mahoney.

»Aber Sie haben meine Buchbesprechung ja noch gar nicht gehört«, sagte ich.

»Setz. Dich. Hin.«

Mir blieb keine Wahl, also nahm ich meine Bücher und setzte mich.

Ich hatte versucht, die Erinnerung an Rafe auszuradieren, nun aber hatte sie sich ihnen allen nur noch tiefer ins Gedächtnis gegraben. Irgendwie gelang es mir, die Tränen zurückzuhalten. Es war das Einzige, was mir an diesem Vormittag gelang.

KAPITEL 29

DIE WAHRHEIT ÜBER JEANNE GALLETTA

Nach der Schule schickte Mrs Stricker mich während des Nachsitzens in die Cafeteria, wo Mr Adell, unser Hausmeister, mit einem Eimer voller Bakterien und einem Schwamm auf mich wartete.

»Du sollst die Tische abwischen«, sagte er und drückte mir den Schwamm in die Hand.

»Was ist da drin?«, fragte ich nach einem Blick in den Eimer.

»Wasser und Desinfektionsmittel«, sagte Mr Adell.

Danach roch es zwar ganz und gar nicht, aber ich würde ihm wohl oder übel glauben müssen. Ich machte mich also über die Tische her. Sie waren noch verdreckter, als die Pulte es gewesen waren. Wusstet ihr, dass Ketchup wie Kleister auf einem Tisch kleben kann? Oder dass ein verschütteter Smoothie sich in schleimiges Gelee verwandelt? Oder dass Kakao zu einem Feststoff wird, wenn man ihn den ganzen Tag sich selbst überlässt? Tja, ich auch nicht!

Man lernt doch nie aus.

Was könnte schlimmer sein, als seine Zeit mit Bakterien zu verbringen?

Wenn Missy Trillin einem dabei zusieht, wie man seine Zeit mit Bakterien verbringt. Sie und ihr Gefolge saßen dicht gedrängt in einer Ecke der Cafeteria und planten den Schulball. Gerade hörten sie einer Siebtklässlerin zu, die ihre Ideen für die Dekoration und die Erfrischungen erläuterte. Als Missy das ältere Mädchen beim Namen nannte, wurde ich hellhörig.

Als Rafe noch auf die HVMS ging, hatte er eine imaginäre Freundin. Ich meine natürlich niemand anderen als Jeanne Galletta. Jetzt zeigte sich, dass es sie wirklich gab – *und in genau diesem Augenblick saß sie mit Missy zusammen.* Ich glaubte allerdings nicht, dass Rafe und sie tatsächlich Freunde gewesen waren. Ich bin mir sicher, dass Rafe sehr gerne noch *enger* mit Jeanne befreundet gewesen wäre. Ständig hat er davon geredet, wie süß und nett und schlau und fleißig und gut angezogen (als ob er das beurteilen könnte) Jeanne doch sei. Ich stellte mir vor, dass Jeanne an meinem ersten Schultag an der HVMS in einem weißen, flatternden Kleid von der Decke herabschweben, auf einer Harfe spielen und ihren leuchtenden Heiligenschein präsentieren würde.

Nun aber stellte sich heraus, dass Jeanne eine ganz normale Siebtklässlerin war, die aus einer Gruppe von Schülern nicht weiter herausstechen würde.

WIRKLICHE WELT

RAFES WELT

Jeanne saß dort am Tisch bei den Prinzessinnen und sprach mit ihnen, einfach so, als ob sie ganz normale Menschen wären. *Vielleicht ist sie mit ihnen befreundet,* dachte ich, als ich einen der Tische in der gegenüberliegenden Ecke der Cafeteria abwischte. Missy sagte etwas, worüber die anderen – sogar Jeanne – lachten. *Lachen sie über mich?,* fragte ich mich. *Selbst die heilige Jeanne Galletta piesackt mich jetzt.*

Ich ging hinüber zu Mr Adell. »Ich bin fertig«, sagte ich und hielt ihm den Eimer hin.

»Hast du den da auch schon sauber gemacht?«, fragte er und zeigte hinüber zu dem Tisch, an dem die Prinzessinnen saßen. Ich spürte ihre Blicke.

Prompt schlug mein Magen einen Salto und verknotete sich. »Nein.«

Mr Adell zuckte mit den Schultern. »Dann bist du noch nicht fertig.«

Ich schluckte. *Diese Art von Nachsitzen ist grausam und unüblich,* dachte ich, als ich mich hinüber zu den Prinzessinnen schleppte.

»Was willst du?«, wollte Missy wissen.

»Ich soll euren Tisch abwischen«, sagte ich und hielt den Eimer hoch.

»Igitt!«, rief Missy. »Was ist denn da drin? Dein Shampoo?« Brittany und Bethany lachten, als ob das der beste Witz in der Geschichte der Menschheit gewesen wäre. Selbst Jeanne lachte.

Sie lachte! *Was ist denn mit deinem Engel passiert, Rafe?*, dachte ich. Ich hätte wissen müssen, dass er in Sachen Mädchen einen grottenschlechten Geschmack hatte.

»Ich *mag* deine grünen Haare«, sagte Jeanne.

Missy setzte ein arrogantes Grinsen auf. »Ja, die sind so umweltfreundlich.«

»Dieser Außerirdischen-Look ist total angesagt«, gab auch Brittany ihren Senf dazu.

»Beam mich hoch, Georgia«, krönte Bethany das Ganze. Missy belohnte sie mit einem High five.

Ganz großartig. Jetzt waren es *vier* statt drei Prinzessinnen. Noch mehr geistreiche Kommentare, um mein Leben zu ruinieren! »Kann ich einfach kurz den Tisch sauber machen?«, schnauzte ich sie an.

»Wir machen dir Platz«, sagte Jeanne und sammelte ihre Sachen zusammen. »Lasst uns da drüben hingehen«, schlug sie vor und zeigte auf einen Tisch neben dem Fenster. »Das Einzige, was es noch zu organisieren gilt, ist der Band-Battle.«

Die Mitglieder des klitzekleinen Ballkomitees tauschten Blicke und räumten dann das Feld. Ich schätze, nicht einmal Missy wollte es sich mit Jeanne verderben.

Hat die HVMS etwa eine neue Königin?, fragte ich mich.

Während ich meinen letzten Tisch abwischte, kehrte ich ihnen den Rücken zu. *Was hat Rafe nur jemals an Jeanne gefunden? Sie ist genau wie der Rest von ihnen – unter ihrem wippenden Pony verbirgt sich ein ganz übler Charakter.*

KAPITEL 30

RAFE ÄRGERN FÜR FORTGESCHRITTENE

Das mit den grünen Haaren konnte ich ihm nicht einfach durchgehen lassen. Der Vorfall schrie geradezu nach Rache.

Ich weiß, was ihr denkt: »Geht Georgia mit Rafe da nicht ein bisschen hart ins Gericht?« Ja. Das tat ich. Aber ihr müsst dabei Folgendes bedenken: *Er hat mein Leben zerstört.* Ich war immer sehr gern zur Schule gegangen. Ich hatte immer gute Noten bekommen. Nun war die Schule für mich die *reinste Hölle* und schuld daran war einzig und allein Rafe.

Er ist mein Bruder und ich würde mit ihm leben müssen … aber er mit mir auch. Und für die grünen Haare würde ich ihn bezahlen lassen. Ich rieb mir die Hände wie ein durchtriebener, durchgeknallter Wissenschaftler. (Tja, die passenden Haare hatte ich ja schon.)

Als ich in die Küche kam, stand Rafe vor dem Kühlschrank und trank die Milch direkt aus der Plastikflasche. Ernsthaft. *Immer* dieses Runtergekippe!

Ich verkniff mir einen Kommentar zum Abwasch und nahm mir einen Apfel aus der Obstschale.

»Hey, eben hat übrigens jemand für dich angerufen«, sagte ich beiläufig. Er sollte denken, dass es mir gerade erst wieder eingefallen war.

Rafe wirkte verblüfft, so als hätte ich ihm ein Rätsel aufgegeben. »Wer?«

»Oh … warte … an ihren Namen kann ich mich nicht mehr erinnern.« Ich biss in den Apfel und tat so, als ob ich angestrengt nachdächte.

Rafe fielen fast die Augen aus dem Kopf, als ich »ihren« sagte. »War es jemand von der Airbrook?«

»Nein … es war jemand von der HVMS«, erwiderte ich. »Jemand, mit dem du füher mal zu tun hattest.«

»Jeanne Galletta?«

Ich schnipste mit den Fingern.

»Ja, genau. Tut mir leid, dass ich den Namen nicht aufgeschrieben habe. Sie sagte, du hättest ihre Nummer?«

Rafe sah so verzückt aus, als hätte ich ihm gerade erzählt, dass es den Weihnachtsmann wirklich gibt und er nachher zum Abendessen bei uns vorbeischaut.

Er griff nach dem Telefon und begann die Nummer zu tippen. *Mein Bruder wusste Jeannes Nummer auswendig?* Ich glaube nicht, dass ihm bewusst war, was für ein breites Grinsen er im Gesicht hatte. So glücklich hatte ich Rafe seit Wochen nicht gesehen.

Und in diesem Augenblick wurde mir klar, dass diese Sache hier richtig gemein war. Zu gemein. Gemeiner, als jemandem die Haare grün zu färben.

»Warte noch …«, bat ich ihn. Ich wollte kein durchtriebener, durchgeknallter Wissenschaftler sein.

»Hallo, Jeanne?« Rafe strahlte. »Hey, ich bin's, Rafe!« Es entstand eine Pause. »Ja, *der* Rafe.« Noch eine Pause. Sein Lächeln verblasste ein wenig. »Na ja … also, ich rufe an, weil ich gehört habe, dass du dich eben hier gemeldet hast …« Mein Bruder sah vollkommen verwirrt zu mir herüber. »Oh. Oh ja. Natürlich nicht. Dann, äh, dann muss es die Jeanne von meiner neuen Schule gewesen sein …« Er lachte gekünstelt und war mittlerweile so rot im Gesicht, dass ich schon befürchtete, er würde platzen.

Rafe sah mich an. *Upps.* Ich wollte ihm sagen, dass es mir leidtat, aber er hatte immer noch Jeanne in der Leitung.

»Oh ja, mir gefällt es wirklich gut an der Airbrook«, sprach Rafe betont fröhlich in den Hörer. Dann kniff er die Augen zusammen und formte für mich lautlos die Wörter *Na, warte.* »Wie läuft's auf der HVMS? Was treibst du so?« Dann drehte er sich um und lief die Treppe hoch. Kurz darauf hörte ich seine Zimmertür zuschlagen.

Ich betrachtete meinen Apfel. Ich hatte zwar erst einmal davon abgebissen, aber jetzt wollte ich ihn nicht mehr.

Es ist gar nicht so leicht, gemein zu sein.

KAPITEL 31

RAFES RACHE

GEORGIA! GEORGIA, HERZLICHEN GLÜCKWUNSCH!«, kreischte Rhonda, als ich fünf Tage später in die Schule kam.

Der Unterricht hatte noch nicht einmal angefangen und schon jetzt hatte ich keine Ahnung, was los war. »Wozu gratulierst du mir?«

»SIE HABEN DIE LISTE FÜR DEN BAND-BATTLE AUFGEHÄNGT – UND DEINE BAND IST DABEI!« Sie packte mich an den Oberarmen und schüttelte mich. »IHR WERDET AUF DEM SCHULBALL AUFTRETEN!«

»WAS?«, kreischte ich. Meine Stimme erreichte beinahe Rhonda-Qualitäten. »Bist du dir sicher?«

Ich folgte Rhondas Fingerzeig in Richtung Eingangshalle, wo der Schaukasten mit den Neuigkeiten hing. Und das sah ich dort:

BAND-BATTLE!

BEGINN: 19:30 UHR!

1. **DIE PELZRÜLPSER**
   (TOM MANDERLY, AHMED USMAN, JILL WEST)
2. **LADY DADA**
   (ALISON VIDDER)
3. **DIE DURCHGEKNALLTEN SCHULKÖCHE**
   (DEVAUGHN GREEN, PETE BAKER)
4. **DIE STINKER!**
   (NANCI RICCI, MARI ALVAREZ, PATTI BAHREY, GEORGIA KHATCHADORIAN)

»Wir können nicht auf dem Schulball auftreten!«, jammerte ich. »Wie konnte es überhaupt dazu kommen?« Und dann, plötzlich, traf es mich wie ein Blitz aus heiterem Himmel:

1. Es gibt nur eine Person, die unsere Band Die Stinker! nennt.
2. Diese Person hatte kürzlich mit Jeanne Galletta telefoniert, der Vorsitzenden des Tanzkomitees.

Damit hatte er mich. Rafe hatte sich an meiner eigenen Schule an mir gerächt. Er hatte dafür gesorgt, dass ich mich vor allen Schülern bis auf die Knochen blamieren würde.

»IHR WERDET DAS GANZ GROSSARTIG MACHEN!«, blubberte Rhonda weiter.

Was geht dich das überhaupt an?, wollte ich schreien. Aber ich tat es nicht. Stattdessen ließ ich mich an Ort und Stelle auf den Boden fallen, mitten auf dem Schulflur.

»ALLES IN ORDNUNG?« Rhonda ließ sich neben mich plumpsen.

»Rhonda – wir können nicht auf dem Schulball spielen! Wir stinken wirklich ab. Wir sind noch nicht so weit!« Ich vergrub meinen Kopf in den Armen. »Was soll ich denn nur der Band sagen?«

Lange saß Rhonda einfach nur da und sagte gar nichts. Das war so untypisch für sie, dass ich tatsächlich irgendwann den Kopf hob und zu ihr herüberblinzelte, nur um sicherzugehen, dass sie noch atmete.

Und das tat sie. Sie saß da und lächelte mich an. In der Zwischenzeit hatte sie sogar schon ein Schild gemalt, auf dem *Die Stinker! rocken* zu lesen war. Sanft legte sie mir die Hand auf die Schulter.

»DU KANNST DER BAND SAGEN«, sagte sie ernst, »DASS SIE SICH BEREIT MACHEN SOLL.«

KAPITEL 32

VERKEHRTE WELT

Als ich von der Schule kam, saßen Mom und Rafe im Wohnzimmer und spielten Karten. Rafe sah von seinem Blatt auf, verengte die Augen zu Schlitzen und fragte: »Was gibt's Neues, Georgia?«

Ich schnaubte. »Du weißt doch schon, was es Neues gibt, Rafe.« Beinahe wäre ich über den Stapel mit Post gestolpert, der mitten im Flur lag. *Bin ich eigentlich die Einzige hier, die auch mal etwas wegräumt?*, dachte ich, während ich die Briefe aufklaubte und sie durchging.

Mom legte eine Karte ab, danach Rafe. »Ha!«, rief er, griff sich gierig die beiden Karten und drückte einen groben, feuchten Schmatzer darauf. Wenn mich nicht alles täuschte, war der Kreuzbube dabei ganz grün im Gesicht geworden.

Mom lachte. »Wie war dein Tag, Liebling?«, fragte sie, während ich meinen Mantel im Flur an einen Haken hängte. Ich lief zur Couch hinüber.

»Gut«, sagte ich freundlich. Ich hielt einen Schatz in der Hand, den ich gerade im Poststapel gefunden hatte. »Schau mal, Rafe! Der hier ist von Airbrook! Habt ihr etwa schon Zwischenzeugnisse bekommen?« Ich lächelte ihn an. »Wie deins wohl ausgefallen ist …?«

»Gib mir das!«, knurrte Rafe und grapschte nach dem Umschlag.

Ich brachte ihn in Sicherheit. »Ich wette, du kannst es gar nicht erwarten, ihn aufzumachen!«

Mom stand auf. »Ich übernehme das, Georgia«, sagte sie, und so gab ich ihr den Umschlag.
Während Mom den Umschlag öffnete und das Zwischenzeugnis herauszog, starrte mein Bruder mich finster an. Plötzlich riss Mom die Augen auf. »Rafe!«, rief sie. »Das ist ja großartig!« Sie zog Rafe an sich und drückte ihn. »Sieh dir das an! Eine Eins in Kunst! Und sonst lauter Zweien!«
Rafe blickte auf sein Zeugnis, als ob er es selbst kaum glauben könne. »Ich habe eine Drei in Mathe bekommen«, sagte er.
»Eine Drei plus«, stellte Mom klar. »Du wirst das schon schaffen – ich weiß, dass du es schaffst! Oh, Rafe!« Noch einmal nahm sie ihn fest in den Arm. »Ich bin so stolz auf dich!« Jetzt wischte Mom sich doch tatsächlich über die Augen. Ernsthaft, so glücklich hatte ich sie nicht mehr gesehen, seit sie den Zehn-Dollar-Schein auf dem Spielplatz gefunden hatte.
»Zur Feier des Tages backe ich einen Kuchen«, verkündete sie und verschwand in der Küche.
»Apfelkuchen?«, fragte Rafe und tappte ihr hinterher.
Ich sah ihnen nach. *Okay, das ist jetzt mordsmäßig nach hinten losgegangen.* Rafe kam in der Schule tatsächlich gut mit, während ich mit einer Fünf in Englisch leben musste.

Willkommen in meinem Paralleluniversum.

Mit etwas Mühe ist es gar nicht so schwer, gute Noten zu bekommen.
ZEUGNIS
Ach das? Das ist nur mein neuestes Meisterwerk.

HA!
Ihre Noten sind genauso wie ihr Haar-grauenvoll!
HA!
HA!
HA!
ZEUGNIS
5
5
5
5
5
HA!
Und ich dachte, Rafe sei der miese Schüler!
HA!
HA!
HA!
HA!
Es ist okay, anders zu sein-na ja, vielleicht nicht sooo anders.

KAPITEL 33

EIN GESPRÄCH MIT OMA DOTTY

Ich stapfte in mein Zimmer, warf mich aufs Bett und fasste noch einmal alles zusammen, was in den letzten Tagen schiefgelaufen war. Die grünen Haare und das Nachsitzen waren nur zwei der Glanzpunkte gewesen. Und jetzt … Rafes Rache für meine Rache. *Mom backt ihm einen Kuchen!* Ich konnte es immer noch nicht glauben.

Da klopfte es leise an der Tür. *Rafe,* war mein erster Gedanke. *Er will sich wegen seiner Noten aufspielen.* »Geh weg.«

»Was hast du gesagt, Georgia?«, fragte Oma Dotty, als sie die Tür geöffnet hatte. »›Gehweg‹?«

»Nein, ich … Egal. Komm rein.«

Oma Dotty setzte sich ans Fußende meines Bettes und streichelte mir eine Weile über den Rücken. Mom hatte das immer getan, als ich noch kleiner war. Ich hatte ganz vergessen, wie gut sich das anfühlte. »Was ist denn los, Liebes?«

»Nichts.«

»Hmm. Warum liegst du dann bäuchlings auf deinem Bett?«

Seufzend setzte ich mich auf.

»Es ist nur … Rafe hat heute sein Zwischenzeugnis bekommen. Er hat eine einzige lausige Eins, aber Mom führt sich auf, als ob er es gerade aufs College geschafft hätte. Er hat sogar eine Drei! Weißt du, was los wäre, wenn ich mal eine Drei nach Hause bringen würde?«

Oma klatschte in die Hände. »Eine Eins ist fantastisch!«

»Aber ich bekomme immerzu glatte Einsen!«,

jammerte ich. »Und Mom hat mir dafür noch nie einen Kuchen gebacken.«

Oma Dotty blickte nachdenklich drein. »Mir hat sie für mein Zwischenzeugnis auch nie einen Kuchen gebacken.«

Wie bitte?! Als Oma Zeugnisse bekommen hatte, war Mom doch noch nicht einmal auf der Welt gewesen. *Na ja, vielleicht meint Oma damit auch nur, dass das Leben eben ungerecht ist.*

»Ich will auch Kuchen«, grummelte ich.

»Na, vielleicht gibt Rafe dir ein Stück davon ab.« Oma lächelte und nahm meine Hand in ihre alte, faltige Hand. Ich wusste, dass sie mir nur helfen wollte, aber sie verstand nicht wirklich, worum es mir ging. »Es ist schön, dass sich dein Bruder an der Kunstschule so gut macht«, fuhr Oma fort. »Er ist nie ein besonders guter Schüler gewesen, weißt du.«

»Wem sagst du das.« Ich verdrehte die Augen.

»Was das angeht, ist er wie seine Mutter. Sie sind beide geborene Künstler, für die eine normale Schule nicht viel taugt. Die beiden sind sich sehr ähnlich, im Guten wie im Schlechten.« Oma Dotty lächelte und ihre braunen Augen funkelten, als sie das sagte.

»Bin ich auch wie meine Mutter?«, fragte ich. »So, wie sie früher einmal gewesen ist?« Ich spekulierte darauf, dass Oma sagen würde, dass wir beide, Mom und ich, klug seien. Oder musikalisch. Oder vielleicht auch liebenswert.

Oma Dotty zuckte mit den Schultern. »Wie soll ich das wissen?«, meinte sie. »Ich weiß nicht, wie deine Mutter in deinem Alter war.«

Was? Sie weiß nicht, wie Mom früher gewesen ist?

Ich hätte es fast laut gesagt, wollte aber nicht grausam sein. Oma Dottys Gehirn ist löchrig wie ein Schweizer Käse. Sie kann nichts dagegen tun. Weshalb sollte ich etwas sagen, was sie vielleicht verletzen würde?

Seien wir ehrlich: Ist es nicht gerade diese schrullige, etwas verpeilte Art, die Oma Dotty so einzigartig macht? Und wir lieben sie genau so, wie sie ist.

KAPITEL 34

KOMPLETT VERRÜCKT

Ich muss es ihnen erzählen, dachte ich, als ich nach der E-Gitarre griff. *Ich muss es ihnen erzählen. Gleich nach diesem Song werde ich es ihnen erzählen.*

Das Lied war zu Ende. Ich erzählte es ihnen nicht.

Mari, Nanci und Patti hatten immer noch keine Ahnung, dass wir dank Rafe seit gestern für den Band-Battle angemeldet waren. Ich wünschte, ich hätte es ihnen überhaupt nicht sagen müssen, aber das war unmöglich. Und das nicht nur deshalb, weil auch Rhonda bei unserer Probe war und sie schon darauf *brannte,* meinen Bandkolleginnen von unserem bevorstehenden »Gig« zu berichten.

Gig?! Wohl eher ein Gag.

Wenn *ich* nichts sagte, würde es mit Sicherheit Rhonda tun. Und das würde das Ganze nicht gerade angenehmer machen.

Okay, so weit dürfte ich es nicht kommen lassen.

»Ich bin platt«, verkündete Mari, als wir das nächste Lied hinter uns gebracht hatten.

»Und ich muss nach Hause«, meinte Patti und wickelte sich ihren Schal um den Hals. »Mom will, dass ich den Rasen mähe.«

»Dann proben wir also nächste Woche wieder?«, fragte Nanci. Sie schob ihre Trommelstöcke in die hintere Hosentasche und versenkte die Hand in einer Tüte Chips. »Selbe Zeit, selber Ort?«

Rhonda starrte mich an. ERZÄHL'S IHNEN!, formte sie lautlos mit dem Mund in meine Richtung.

»Wartet«, sagte ich. Die Band drehte sich zu mir um.

»Was gibt's, Georgia?«, fragte Mari.

»Äh …« Ich durfte nicht lange drumherum reden. »Rafe hat uns beim Band-Battle angemeldet, der in acht Tagen stattfindet, deshalb müssen wir proben, weil wir da vor der versammelten Schule auftreten werden, und unser Bandname steht auch schon im Programm, also kommen wir eigentlich auch nicht mehr raus aus der Nummer, aber wir könnten vielleicht doch noch zurücktreten, wenn wir das unbedingt wollen, es liegt also an euch, Mädels.« Ich kniff die Augen zusammen.

»Was?«, fragte Nanci. Sie lutschte gerade an einem Kartoffelchip herum.

»Wir sind beim Band-Battle angemeldet?«, wiederholte Patti. Aus ihrem Mund klang es wie: *Wir sollen mit dir von einer Brücke springen?*

Nanci und Patti tauschten Blicke. Das blanke Entsetzen stand in ihren Augen.

»Unser Bandname steht schon im Programm?«, wunderte sich nun auch Mari.

»Das war Rafes Werk«, stellte ich noch einmal klar.

Totenstille.

Am liebsten würde ich mir ein Loch graben und ab jetzt darin leben, dachte ich. *Vielleicht würde Mom mir ab und zu ein Sandwich vorbeibringen.*

»KOMMT SCHON, MÄDELS!«, kreischte Rhonda. »DAS WIRD GROSSARTIG!«
»Rhonda, wir sind noch nicht so weit«, entgegnete Mari.
»UND OB IHR SO WEIT SEID! IHR SEID TOLL UND OHNE EUCH WIRD DER SCHULBALL ERBÄRMLICH!« Sie hob die Arme über den Kopf. »IHR SEID ES GEORGIA SCHULDIG AUFZUTRETEN! IHR KÖNNT SIE JETZT NICHT VOR ALLEN IHREN FREUNDEN IM STICH LASSEN.«
Ich hob abwehrend die Hände. »Warte! Das hier hat wirklich rein gar nichts mit mir zu tun …«
»WENN IHR JETZT KNEIFT, WERDET IHR DAS AUF EWIG BEREUEN«, beteuerte Rhonda. »WIE WOLLT IHR NÄCHSTES JAHR DORT AUFTRETEN, WENN IHR BEIM DIESJÄHRIGEN BAND-BATTLE ABSPRINGT?«
Mari drehte sich zu Patti um. »Da hat Rhonda recht.«
Hat sie das?
»UND WENN IHR NICHT PERFEKT SEID – WAS SOLL'S?« Rhonda war jetzt völlig in ihrem Element. Sie würde so schnell nicht mehr aufhören zu kreischen. »ROCK 'N' ROLL IST NIEMALS PERFEKT!«
»Sie hat recht!« Nanci spielte mit ihren Trommelstöcken. »Lasst es uns versuchen!«
»Ja, gehen wir's an!«, stimmte Patti zu.
Mari wandte sich an mich. »Was meinst du, Georgia?«
Ich sah zu Rhonda hinüber, die strahlte wie ein Honigkuchenpferd. In diesem Augenblick wurde mir eines klar: *Sie ist wirk-*

lich überzeugt davon, dass wir gut sind. Irgendwie inspirierte mich das.

»Na, dann los!«, sagte ich.

Rhonda stieß einen Schrei aus, der ganz entfernt an Jubel erinnerte. Ich hielt mir die Ohren zu, musste aber gleichzeitig lächeln. Rhonda war unser größter Fan und ich wollte sie nicht enttäuschen.

Natürlich konnte es genauso gut sein, dass sie einfach nur vollkommen verrückt war.

Aber enttäuschen wollte ich sie trotzdem nicht.

KAPITEL 35

OMAS 19. AUSSETZER

Ich kam gerade von der Schule und hatte unser Haus schon fast erreicht, als ich ihn sah:

Rafe.

Am Morgen hatten wir einander erfolgreich gemieden. Die Airbrook-Kunstschule beginnt 45 Minuten später als die Hills Village Middle School, also hatte ich zum Frühstück ein Stück Kuchen gegessen und war dann rechtzeitig aus dem Haus geschlichen. Aber ich würde ihm nicht ewig aus dem Weg gehen können.

Auch Rafe blieb wie angewurzelt stehen. Einen Augenblick lang standen wir uns stocksteif gegenüber, wie Spiegelbilder. Ich schätze, wir warteten darauf, dass der jeweils andere sich zuerst bewegen würde.

Ich wusste, dass uns beiden derselbe Gedanke durch den Kopf ging: *Wer wird als Nächstes dem anderen eins auswischen?*

Es stimmte, zuletzt war ich es gewesen, die Rafe eins hatte auswischen wollen. Doch diese Geschichte hatte in einer schmachvollen Niederlage für mich und einem dicken, fetten Sieg für Rafe geendet. Wer also war jetzt an der Reihe? Würde Rafe das nächste Opfer sein? Oder ich?

»Was hast du vor?«, wollte Rafe wissen.

»Nichts«, erwiderte ich. »Und du?«

»Nichts.«

Da er nichts in den Händen hielt, beschloss ich, ihm zu glauben. Ich schätze, Rafe kam zu demselben Entschluss, was mich anging, denn jetzt nickte er. Und dann liefen wir beide nebeneinander auf das Haus zu und stiegen gemeinsam die kleine Treppe bis vor die Eingangstür hinauf. Rafe öffnete die Tür …

Moment mal – ist das überhaupt unser Haus?

»Überraschung!«, rief Oma Dotty. Sie saß auf einem scheußlichen Sofa mit Blumenmuster. »Ich habe mir meine Möbel und die Einrichtung aus dem Lager kommen lassen und beschlossen, unser Zuhause mal etwas aufzuhübschen.«

Es war nicht so, dass unser Haus plötzlich hässlich gewesen wäre, aber nun sah es hier exakt so aus wie in Oma Dottys altem Haus in der Großstadt. Ich sah Rafe an. Rafe sah mich an.

»Das ist übel«, flüsterte Rafe.

»Wartet nur, bis ihr die anderen Zimmer gesehen habt«, sagte Oma kichernd.

»Die anderen Zimmer?«, wiederholte Rafe, doch da rannte ich bereits die Treppe hinauf. Ich stieß die Tür zu meinem Reich auf.

»Was ist das?«, schrie ich. »Wo sind meine Sachen?«

In meinem Zimmer stand nun eine Couch, eine Pflanze und ein leerer Vogelkäfig. Ich öffnete den Wandschrank. Nichts.

»Wo ist Mr Bananas?« Mein Plüschaffe war verschwunden, genau wie meine Urkunde für herausragende schulische Leistungen, meine Lieblingsdecke und sogar mein *Bett*.

Nebenan hörte ich Rafe aufjaulen, also rannte ich hinüber, um mir die Zerstörung in seinem Zimmer anzusehen.

»Hier sieht es viel besser aus als vorher«, sagte ich.

»Es ist furchtbar!«, jammerte Rafe. »Ich finde gar nichts! Wo ist mein Lieblings-Zeichenstift? Wo ist das Bild, das Mom für mich gemalt hat? Wo ist das Stück Pizza von letztem Donnerstag geblieben? Dieses Zimmer ist jetzt in etwa so einladend wie ... eine Gefängniszelle.

Es ist eine Katastrophe!«, heulte Rafe weiter. »Diese Pizza war mein Biologie-Projekt!«

»Wir müssen Oma sagen, dass sie alles wieder rückgängig machen muss«, schlug ich vor.

»Sie hat vermutlich keinen blassen Schimmer, wie sie das anstellen soll«, gab Rafe zu Bedenken. »Und sie will es vielleicht auch gar nicht. Sie ist ein bisschen …« Er brach ab.

»Verwirrt?«, schlug ich vor.

»Genau.«

Irgendwie mussten wir Oma Dotty dazu bewegen, unsere Einrichtungsgegenstände wieder herauszurücken. Plötzlich kam mir eine Idee.

»Hör mal, Rafe«, sagte ich und legte ihm eine Hand auf die Schulter. »Ich habe einen Plan. Aber dafür brauche ich deine Hilfe.«

Rafe sah mich misstrauisch an. »Wie lautet dein Plan?«

»Wir müssen Oma Dotty davon überzeugen, alles wieder hervorzukramen, was sie weggeräumt hat«, erklärte ich. »Wir erzählen ihr einfach, dass wir einen Hofflohmarkt veranstalten. Dann wird sie alles vors Haus stellen und wir gehen die Sachen durch und sortieren aus, was wir behalten wollen, bevor wir es verkaufen.«

»Oma Dotty geht jeden Sonntag zu Hofflohmärkten«, sagte Rafe. »Sie kann solchen Veranstaltungen nicht widerstehen.« Er seufzte tief. »Okay, Georgia«, sagte er schließlich, »du kannst auf mich zählen.«

KAPITEL 36

DIE STINKER! AUF DEM HOFFLOHMARKT

Ich glaube nicht, dass ich diesen Mantel auch nur einmal getragen habe«, sagte Oma Dotty, als sie ein Drei-Dollar-Preisschild an eine lilafarbene Steppjacke heftete. »Eine Schande. Deshalb sind die Schränke so voll.«

»Eigentlich ist das mein Mantel, Oma«, sagte ich und nahm das Preisschild wieder ab.

»Na, kein Wunder, dass der Mantel so klein ist!«, erwiderte Oma lächelnd und widmete sich nun einer blau-grau gestreiften Mütze. »Oh, die hier müssen wir unbedingt loswerden.«

Da ich Super-Schwester war, nahm ich die Mütze an mich – sie gehörte Rafe. Bis jetzt hatte er mir bei der Organisation des Hofflohmarkts sehr geholfen. Die gute Neuigkeit: Die meisten unserer Habseligkeiten waren im Laufe des Wochenendes wieder aufgetaucht. Die schlechte Neuigkeit: Oma Dotty war immer noch verwirrt und brachte überall Preisschilder an. Wir würden uns beeilen müssen, sonst würden unsere Freunde und Nachbarn unsere Kleider tragen und mit unseren Plüschtieren knuddeln. Oma jedoch hatte viel Spaß mit den Preisschildchen. Sie heftete sogar eines an den Strohhut, den sie trug. Und so war ich nur darauf aus zu retten, was wir wirklich brauchten – Winterkleidung zum Beispiel und verschimmelte Biologie-Projekte.

Ich tat mein Bestes.

Außerdem hatte ich Organgenlimo gemacht. Auf irgendeiner Website hatte ich gelesen, dass man während eines Hofflohmarkts Getränke und Snacks anbieten soll, damit die Menschen gute Laune bekamen und Geld ausgeben wollten.

»Wo soll das hier hin?«, fragte Rafe, der gerade ein Telefontischchen auf den Rasen trug.

»Stell es weiter nach vorne«, wies ich ihn an. »Auf das Tischchen kann ich meine Keramikkatzen-Sammlung stellen.«

»Die willst du loswerden?« Rafe sah überrascht aus. »Ich hab die Katzen irgendwie gemocht.«

»Tatsächlich?« Wow, das war ein Schock für mich. Rafe hatte mich wegen der Sammlung immer wieder aufgezogen.

»Ja, so wusste ich immer, was ich dir zu Weihnachten schenken kann.« Rafe zuckte mit den Schultern. »Also gut.« Er brachte den Tisch nach vorne – und ich war gerührt.

Kann es sein, überlegte ich, *dass mein Bruder am Ende gar nicht so übel ist?*

»HEY, GEORGIA! ICH BIN GEKOMMEN, UM DIR BEIM HOFFLOHMARKT ZU HELFEN!« Rhonda strahlte und griff nach einem Glas Limonade. »AAH. DAS ERFRISCHT!«

»Äh, hallo, Rhonda.« Ich hatte keine Ahnung, wie sie Wind von unserem Hofflohmarkt bekommen hatte. *Hat sie übersinnliche Fähigkeiten? Oder ist sie eine Psychopathin? Vielleicht liest sie aber auch einfach nur die Kleinanzeigen in der Zeitung.* »Eigentlich muss ich in ein paar Minuten weg.«

Rhonda wirkte schockiert. »WO WILLST DU HIN?«

»Bloß in die Garage. Die Mädels von der Band kommen gleich vorbei«, erklärte ich ihr. »Wir müssen proben.« Die Betonung lag auf *müssen*.

Rhondas Augen traten hervor und schienen beinahe die Brillengläser zu sprengen. *»ABER DAS IST JA SUPER! IHR SOLLTET GLEICH HIER PROBEN!«*

Ich lachte, aber Rhonda hatte immer noch diesen fröhlichen, hoffnungsvollen Ausdruck im Gesicht. Genau in diesem Augenblick tauchten die anderen Bandmitglieder auf.

»Hey, Georgia, was liegt an?« Nanci bekam leuchtende Augen. »Oh, Kekse!« Sie nahm sich drei.

»Die sind selbst gemacht«, sagte ich, woraufhin Nanci gleich noch einmal zugriff.

»Schaut mal, was ich gefunden habe«, sagte Patti und hielt eine Glückskatze aus Keramik in die Höhe. »Ist die nicht niedlich? Die will ich. Ich liebe Tiere.« Sie warf einen Dollar auf den Tisch.

»Seid ihr bereit für die Probe?«, fragte Mari.

»ICH HAB GEORGIA GERADE GESAGT, DASS IHR AUF DEM HOFFLOHMARKT PROBEN SOLLTET!«, kreischte Rhonda. »ALS EINE ART GENERALPROBE!«

Plötzlich hörte ich Laute wie von einem sterbenden Tier. Drüben auf dem Rasen kniete Rafe und hatte die Hände auf die Ohren gepresst. »TUT'S NICHT!«, schrie er heulend. »IHR STINKT!«

Wisst ihr noch, ein paar Absätze weiter oben, als ich dachte, mein Bruder sei vielleicht doch nicht so übel? Völliger Blödsinn.

»Aber klar, Rhonda«, sagte ich. »Eine wirklich *hervorragende* Idee.«

Mari zuckte mit den Schultern. »Warum eigentlich nicht?«, sagte sie. Zu diesem Zeitpunkt waren sowieso nur drei Besucher auf unserem Flohmarkt. Unser neugieriger Nachbar Mr Stanley, die alte Mrs Bloomgarden und ihr Yorkshire-Terrier Wilson. Sie machten durchaus den Eindruck, als könnten sie ein Rockkonzert verkraften.

Während wir unser Equipment in der Garage aufbauten, gab Rhonda Orangenlimo aus und schlüpfte in die Rolle einer Bandmanagerin. »SIE WERDEN NICHT GLAUBEN, WIE FANTASTISCH DIE SIND!«, versprach sie Mrs Bloomgarden.

»Sie hat recht: Sie werden's nicht glauben«, stimmte Rafe ihr zu.

Ich schrammelte einen Akkord, rief »Eins-zwo-drei-vier!« und schon spielten wir unser erstes Lied. Ich musste zugeben, dass wir besser wurden. Dieses Mal verhedderten sich nicht einmal mehr meine Finger. Als wir fertig waren, herrschte Stille.

Bis Rafe auf den Tisch sprang, um einen eigenen Auftritt hinzulegen.

Das Traurige an der Sache war, dass Mrs Bloomgarden tatsächlich applaudierte – und zwar Rafe, nicht uns.

Mehr Ermutigung brauchte mein Bruder nicht, um weiterzumachen. Wir würden hart arbeiten müssen, um ihn zu übertönen.

»Dreht mal richtig auf«, wies ich die Bandmitglieder an. Und so geschah es.

KAPITEL 37

NACHSPIEL

Die Stinker! beendeten den fünften und letzten Song. Die Menge tobte. Und mit *toben* meine ich, dass Mr Stanley schließlich die Ohrwärmer abnahm, die er während der letzten vier Lieder anprobiert hatte, und dass es Mrs Bloomgarden gelang, Wilson aus dem Aktenschrank zu locken, in den er sich verkrochen hatte. Sie rümpfte die Nase, als sie mit dem Hund auf dem Arm an mir vorbeilief, und sprach ihm gut zu: »Keine Angst, Pupsie! Der große, böse Lärm ist jetzt vorbei.«

Aber zumindest einige Leute applaudierten uns. »DIE STINKER! SIND GENIAL!«, kreischte Rhonda.

Sam steckte die Finger in den Mund und ließ einen ohrenbetäubenden Pfiff ertönen. Ja, richtig – Sam Marks war auf unserem Hofflohmarkt aufgetaucht. Ich vermute, dass Rhonda ihm Bescheid gegeben hatte.

Obwohl mir irgendwie übel war, rang ich mir für Sam ein Lächeln ab. Hier stand ich nun und spielte lausig Gitarre auf einem Hofflohmarkt. Wie demütigend.

Klatsch. Klatsch. Klatsch. Sarkastischer Applaus. Ich sah mich um, weil ich mich fragte, wer derart unhöflich war – aber ich hätte es mir auch gleich denken können.

Missy Trillin. Sie stand neben einem Stapel Pullover. *Ahh! Was macht die denn hier?* Mein Magen krampfte sich vor Angst zusammen.

»Wow, euer Auftritt hat mir echt gut gefallen, Georgia«, sagte Missy mit einem höhnischen Lächeln. »Ich mochte besonders den Teil, als ihr *aufgehört* habt.«

»Wer ist das?«, fragte Nanci und nahm sich einen weiteren Keks vom Tisch.

»Niemand«, sagte ich. *Bitte geh weg,* flehte ich innerlich. Aber Missy blieb, wo sie war, griff sich meinen alten Weihnachtspulli aus dem Stapel und hielt ihn mit spitzen Fingern hoch. Beim Anblick des Rentiers verzog sich ihr Gesicht zu einer Grimasse.

»Die hält sich wohl für was Besseres?« Mari runzelte die Stirn, als sie sah, wie Missy die aussortierten Habseligkeiten meiner Familie begutachtete. Ich zuckte zusammen. Missy stellte sich an, als müsse sie sich in einem heruntergekommenen Viertel durch einen Haufen Müll wühlen. Mit einem Mal kamen mir all meine alten, heißgeliebten Spiele, Bücher und Kleidungsstücke wie ein beschämender Haufen Abfall vor. Es hätte mich nicht gewundert, wenn Missy weggegangen und mit einem diamantenbesetzten Schutzanzug wiedergekommen wäre, um den Rest der Flohmarktware unter die Lupe zu nehmen.

Sieh gar nicht zu ihr hin, befahl ich mir. Ich kämpfte gegen die aufsteigende Röte in meinem Gesicht an und wandte mich an die Band. »Patti, Mari, Nanci – das ist Sam.«

Meine Freundinnen begrüßten Sam, der begeistert schien. »Ihr wart super, Mädels.«

Missy aber verschwand natürlich nicht so ohne Weiteres. Plötzlich japste sie nach Luft. »Jetzt sag bloß nicht, dass du das hier verkaufen willst?!« Spöttisch hielt sie eine alte, glatzköpfige Trollpuppe in die Höhe.

»Und du willst *nur* 50 Cents dafür?«

Ich fragte mich unterdessen, ob ich in den Aktenschrank passen würde, jetzt, da der Yorkshire-Terrier nicht mehr drinsteckte.

»Weshalb ist Missy überhaupt hier?«, wollte Sam wissen.

»Um mich zu quälen«, erklärte ich ihm.

Rhonda drehte Missy den Rücken zu. »WILL HIER JEMAND ORANGENLIMO?« Meine Bandkolleginnen wollten.

»Rhonda hat … so viel Energie«, sagte Sam, während wir zusahen, wie sie den Teller mit Keksen herumreichte. Sie achtete sogar darauf, dass Nanci sich nur zwei nahm.

Ich war mir nicht sicher, was Sam damit meinte, deshalb erwiderte ich: »Sie kann nicht anders.« Ich ließ meinen Blick über die Tische schweifen, die leerer und leerer wurden. Viele unserer Sachen hatten wir bereits verkauft. Oma Dotty führte gerade anschaulich vor, wie man aus dem Heimtrainer einen prima Kleiderständer machen konnte. Rafe versuchte ein älteres Paar davon zu überzeugen, dass es eine zweite Toilette brauchte.

»Ist was nicht in Ordnung?«, fragte Sam, weil ich fortwährend auf meiner Unterlippe kaute. »Du siehst so beunruhigt aus.«

»Es ist nur … Na ja, ich mache mir ein wenig Sorgen um Mr Bananas.« Ich merkte, dass ich ein wenig rot wurde.

»Ein Kuscheltier?«, fragte Sam.

»Ja. Ich will einfach nicht, dass er verkauft wird.« Ich zuckte mit den Schultern. »Ohne einen Plüschaffen auf dem Bett ist das Leben einfach nicht mehr, wie es war, weißt du?«

Sam lächelte. »Ja.«

»Och, ist das *niiiedlich*!«, hörte ich eine zuckersüße Stimme hinter mir. »Babylein will seinen Spielzeugaffen wiederhaben!« Missy verdrehte die Augen.

Jetzt spürte ich, dass mir die Röte bis zum Haaransatz ins Gesicht schoss. Ich sah hinüber zu Sam. *Hält er mich für eine Idiotin?* Falls ja, wäre er viel zu nett, um es mir zu sagen.

Missy sah hinüber zum Tisch mit den Erfrischungen. »Hey, Georgia, lass dir doch von deiner *besten Freundin Rhonda* bei der Suche nach dem Äffchen helfen.«

»Sie ist nicht meine beste Freundin«, murmelte ich. Ich wusste, das war furchtbar. Ich sah mich um. Dort hinten stand Rhonda und schenkte – immer noch glückselig lächelnd – Orangenlimo an durstige Schnäppchenjäger aus. Falls sie mich gerade gehört hatte, ließ sie es sich zumindest nicht anmerken. Aber Missy hatte jedes Wort gehört. Sie grinste hämisch.

Und plötzlich hatte ich das dringende Bedürfnis, ihr dieses unverschämte Grinsen aus dem Gesicht zu schlagen. Für wen zur Hölle hielt Missy sich überhaupt? Rhonda war zehnmal so viel wert wie sie. Ach was, hundertmal.

Langsam wurde mir klar, dass ich meine Wette mit Rafe verlieren würde. Ich würde niemals zu den beliebtesten Mädchen der HVMS gehören, weil ich niemals mit Missy befreundet sein würde. Und was mich anging, so war mir das nur recht.

KAPITEL 38

MICH LAUST DER AFFE!

Hier und jetzt, am Montag nach dem Hofflohmarkt, an der Hills Village Middle School, direkt vor meinem Spind, wurde gerade Geschichte geschrieben!

Ein Junge hatte mir etwas geschenkt. Ja, ganz recht: Ich hatte ein Geschenk von einem Jungen bekommen.

Zum

allerersten

Mal!!!!!!!!!!!!!!!!!!!!!!!

Das war zweifellos das Beste, was mir in meiner gesamten, beklagenswerten Laufzeit an der Middle School widerfahren war. In mir brodelte es nur so vor Glückseligkeit und ich, Georgia Khatchadorian, hätte mich am liebsten in eine Cheerleaderin verwandelt – und zwar auf der Stelle.

Ich hatte Sam in der Nähe meines Spinds herumlungern sehen und ihm zugewinkt. Er hatte mich angelächelt und gesagt: »Ich habe etwas für dich.« Dann hatte er das tollste Geschenk aus seinem Rucksack geholt, das je ein Mensch bekommen hat.

»Mr Bananas!«, rief ich. »Du hast ihn gefunden!«

Sam grinste: »Ich habe ihn gesehen, als ich mich auf den Heimweg machen wollte. Deine Oma hat mir drei Dollar dafür abgeknöpft.«

»Aber auf dem Preisschild hier steht doch ein Dollar fünfzig«, warf ich ein.

Sam zuckte mit den Schultern.

»Sie hat eben gemerkt, dass ich ihn unbedingt kaufen wollte. Und dann stieg plötzlich der Preis …«

Ich drückte meinen Plüschaffen fest an mich. Wenn erst einmal Mr Bananas wieder darin säße, würde mein Zimmer fast so wie früher sein. Die wichtigen Dinge hatte ich ohnehin alle wiederbekommen. Ich griff in meinen Rucksack.

»Du bekommst die drei Dollar zurück.«

»Machst du Witze? Auf *gar* keinen Fall!« Sam runzelte die Stirn. »Ich wollte dich überraschen.« Er blickte zu Boden, bevor er hinzufügte: »Ich hoffe, mein Geschenk gefällt dir.«

Ich war sprachlos – ich war so gerührt, dass ich praktisch an meiner eigenen Spucke zu ersticken drohte. Da ich nichts sagen konnte, lächelte ich nur und versuchte, dankbar auszusehen.

»Also … äh …« Sam trat verlegen von einem Fuß auf den anderen und klimperte mit dem Kleingeld in seiner rechten Hosentasche.

Ich fand unterdessen meine Stimme wieder. »Was ist denn los?« Ich war mir sicher, er wollte mich darauf hinweisen, dass ich etwas im Gesicht hatte oder merkwürdig roch.

»Na ja … Bald ist doch dieser Schulball …« Sam sah mir in die Augen.

»Ja?« Meine Stimme war nur noch ein Flüstern.

»Ähm, würdest du gerne – du weißt schon – tanzen? Auf dem Schulball? Mit mir?«

Nein, das war nur ein Scherz. Natürlich habe ich die Coole gespielt.

»Also gut«, sagte Sam lächelnd, nachdem ich zugestimmt hatte. »Super. Okay, bis später dann.«

Etwa eine Minute stand ich einfach nur da. *Ist das auch wahr?*, fragte ich mich. *Ist das gerade wirklich geschehen?* Es schien mir höchst unwahrscheinlich zu sein. Andererseits hielt ich immer noch Mr Bananas im Arm. Das war der Beweis. Es machte mir nicht einmal etwas aus, dass die anderen Schüler im Gang stehen blieben, um das Mädchen mit dem Plüschaffen anzustarren. Mr Bananas hätte es jederzeit mit jedem von ihnen aufnehmen können.

Vielleicht würde es für mich auf der Middle School doch nicht so schlecht laufen.

KAPITEL 39

NICHT MIT MIR, MINI-MILLER!

Nachdem ich Mr Bananas vorsichtig in meinen Spind gesetzt hatte, schwebte ich auf einer rosafarbenen Flauschwolke Richtung Klassenzimmer. Das Leben war ein Berg aus Schokolade! Die Middle School ein Eimer reinen Sonnenlichts!

»Hey, Hinkebein«, grunzte Mini-Miller mich an. »Mein Bruder hat eine Nachricht für Rafe.«

»Ist es eine gute Nachricht?«, fragte ich und spürte im selben Moment, wie sich meine kuschelige Zuckerwolke aufzulösen begann.

»Nö. Es ist eine Warnung.« Mini-Miller beugte sich so weit zu mir hinunter, dass ich seine Nasenhaare sehen konnte. »Die Nachricht lautet: ›Nimm dich in Acht, Loser. Ich hab Freunde auf der Airbrook-Kunstschule.‹« Er lachte schnaubend.

Ich glaube, ich hatte bereits erwähnt, dass niemand außer *mir* es wagen sollte, Rafe zu piesacken. Besonders jetzt nicht, nachdem er mir beim Hofflohmarkt geholfen hatte. Und besonders und vor allem nicht am allerbesten Tag meines bisherigen Middle-School-Daseins. »Hau ab, Mini-Miller«, knurrte ich.

»Wir hast du mich gerade genannt, Hinkebein?«, keifte Mini-Miller. »Und wenn ich nicht abhaue, was machst du dann? Hinter mir herhumpeln?« Er stieß mich mit Wucht gegen die Schulter, sodass ich nach hinten taumelte.

Als ich sah, wie Mini-Miller sich den Bauch hielt vor Lachen, stieg die Wut in mir hoch. Ich schwöre, ich bin nicht verantwortlich für das, was dann geschah.

WIE ICH MICH AN MINI-MILLER RÄCHTE – IN 3 EINFACHEN SCHRITTEN

Wie erstarrt sah ich, wie Mini-Miller auf einem Bein quer durch den Flur hüpfte. Zuerst machte sich blankes Entsetzen in mir breit: *Ich kann nicht glauben, dass ich das getan habe!* Dann schlug das Ganze in Begeisterung um: *Ich kann nicht glauben, dass ich das getan habe!*

Aber ich habe es getan! Ich habe Mini-Miller gegens Schienbein getreten!

Mini-Miller jaulte und hopste immer noch auf einem Bein herum und so ließ ich ihn einfach stehen und ging den Flur hinunter, überwältigter und glücklicher noch als damals in der vierten Klasse, als ich den Buchstabier-Wettbewerb gewonnen hatte.

Rhonda, die alles mit angesehen hatte, johlte. Sie hielt die Hand hoch und ich gab ihr ein High five. »NA, MILLER, WER IST JETZT DAS HINKEBEIN?«, kreischte sie, als er langsam in die andere Richtung davonhumpelte.

Ich grinste.

Ich schätze, Rhonda und ich waren irgendwie *doch* Freundinnen.

Sonderbare Freundinnen zwar, aber Freundinnen.

KAPITEL 40

DIE PRINZESSINNEN

WAS DENKST DU?«, quietschte Rhonda am nächsten Morgen, als sie mir einen neongrünen Flyer vor die Nase hielt. Der Flyer war übersät mit Gitarren, Sonnenbrillen und Musiknoten. Darauf stand zu lesen: »DIE STINKER! LASSEN ES KRACHEN! Kommt zu unserem Auftritt beim Band-Battle auf dem SCHULBALL und MACHT EUCH AUF GROSSARTIGES GEFASST!«

Die Großbuchstaben kreischten mich mit Rhondas Stimme an.

»Ähm«, sagte ich. *Ja, was denke ich?*

Ich dachte, sie sei verrückt geworden.

Ich dachte, dass ich keine Zuschauer brauchte, um mich lächerlich zu machen.

»Das Neongrün tut in den Augen weh«, war das Einzige, was ich herausbrachte.

»DU MUSST DICH NICHT BEDANKEN!«, meinte Rhonda, nahm mich in die Arme und erdrückte mich fast. »ICH WOLLTE NUR, DASS ALLE KOMMEN UND SEHEN, WIE GROSSARTIG WIR SIND!«

»Wir?«, fragte ich nach, weil ich hoffte, mich verhört zu haben.

»*OUI, OUI!*« Rhonda holte eine Rolle Klebeband heraus und hängte einen der Flyer an die Wand. »ES IST ECHT COOL, WENN DU FRANZÖSISCH SPRICHST.«

Äh, das war kein Französisch, Rhonda.

»Was ist das?«

Die schneidende Stimme hinter mir ließ mich hochfahren. Als ich mich umdrehte, sah ich Missy mit ihrem Hexenzirkel. Alle drei Hexen starrten finster auf den Flyer. Sie waren wie aus dem Nichts aufgetaucht, so wie Fliegen vom Geruch eines Kuhfladens angezogen werden.

Rhonda stand mit dem Rücken zur Wand, als ob man sie gerade bei einem Verbrechen ertappt hätte. Auch ich war wie erstarrt.

Wir machten uns auf einen gnadenlosen Angriff gefasst. *Renn, Rhonda! Renn!*

Doch stattdessen blieben wir einfach wie angewurzelt stehen.

Missy lief geradewegs zum Flyer und riss ihn von der Wand. Dann warf sie Rhonda einen eiskalten Blick zu. »Weshalb hängst du Flyer für den Schulball auf?«

Einen Moment war Rhonda zu erschrocken, um zu antworten. Missy hatte sie noch nie zuvor etwas gefragt. »WEIL MEINE BAND DORT AUFTRETEN WIRD.« Rhonda blickte hilfesuchend zu mir.

»Deine Band?«, wiederholte Brittany und starrte Rhonda mit offenem Mund an. »Welches Instrument spielst du denn – die *Kuh*glocke?«

Rhonda wurde rot. »NA JA, ICH SINGE, ABER …«

»Oh, bitte!«, schrie Missy auf. »Du singst? Ich blute jetzt schon aus den Ohren.«

»Sie stammt doch von den Brüllaffen ab!«, setzte Brittany noch eins drauf.

Rhonda ließ den Kopf hängen. Jetzt war die Gelegenheit, Missy und den beiden Bs zu sagen, was ich von ihnen hielt. Und was tat ich?

WIE ICH MICH AN DEN PRINZESSINNEN RÄCHTE – IN 3 EINFACHEN SCHRITTEN

KAPITEL 41

GEORGIA VERSAGT AUF GANZER LINIE

Ich wollte Rhonda helfen ... und zugleich wollte ich unsichtbar werden, um dem Zorn der Prinzessinnen zu entgehen. Rhonda war in ihrem Netz aus Beleidigungen gefangen und es sah ganz so aus, als ob sie ihr jeden Moment den Rest geben würden.

Verschwinde jetzt, sagte ich mir, *solange du noch kannst!* Ich versuchte es, doch meine Füße gehorchten mir nicht mehr – sie bewegten sich rückwärts statt vorwärts. Und bevor ich wusste, was ich tat, hörte ich mich sagen: »Haltet den Mund, ihr Lipgloss-Fresser. Rhonda singt in unserer Band und sie ist super!«

Im Schulflur war es totenstill geworden. Unter Missys Blicken kam ich mir vor wie ein Käfer, den man mit einer Nadel aufgespießt hat und der noch immer die Flügel bewegt. Alle sahen uns an. Rhonda hatte die Augen so weit aufgerissen, dass ich sie schon herausspringen und auf dem Boden herumrollen sah.

Schließlich fing Missy an zu lachen. Auch Brittany und Bethany lachten, wie üblich imitierten sie gehorsam ihre Anführerin. »Rhonda ist doch nicht einmal deine Freundin«, verkündete Missy. »Erinnerst du dich? Das hast du mir selbst gesagt.« Dann sah sie lächelnd hinüber zu Rhonda, so als ob sie nun gewonnen hätte.

Rhonda schaute mich an. »So etwas würde Georgia nicht sagen«, entgegnete sie, aber besonders überzeugt klang sie nicht. Zum ersten Mal überhaupt hatte sie etwas in normaler Lautstärke gesagt, ohne zu kreischen.

»Ich …«, begann ich, doch heraus kam nur ein kleines, ersticktes Quieken.

Rhonda blinzelte, als ob ihr eine Fliege auf die Nase geflogen wäre. Ihre Augenbrauen zogen sich zusammen, dann begann das Kinn zu zittern. Immer mehr Leute, die im Flur an uns vorbeiliefen, blieben stehen und starrten uns an. Alles blieb still, auf eine beunruhigende Art und Weise.

Missy stieß noch ein lautes »Ha!« aus und stolzierte dann davon, die Prinzessinnen folgten ihr auf dem Fuße. Ich spürte, dass sich auch die Blicke der anderen Schüler von uns zu lösen begannen. Nur Rhonda sah mich immer noch unverwandt an. Ich wusste, was sie von mir hören wollte – dass ich so etwas nie gesagt hatte. Dass es nicht wahr war.

Aber ich *hatte* es gesagt.

P. S.: Ich kann das einfach nicht zeichnen. Ich schäme mich zu sehr.

Bitte, schaut einfach woanders hin, so wie alle anderen.

KAPITEL 42

RHONDA RENNT

Rhondas riesengroße, tränenfeuchte Augen ließen mich zu Brausepulver werden, das sich langsam in Wasser auflöst. Ich hatte immer gedacht, dass ich ein guter Mensch sei. Zumindest meistens gut. Aber als Rhonda nun so dastand und das Wort Verräterin quer über ihrer Stirn geschrieben stand, kam mir der Gedanke, dass ich niemals ein guter Mensch gewesen war.

Dann schoss Rhonda davon wie eine Kanonenkugel.

Ich war derart überrascht, sie so schnell laufen zu sehen, dass ich ihr nicht einmal gefolgt bin.
Nicht sofort jedenfalls.
Als ich mich endlich wieder rühren konnte, war Rhonda bereits durch die Flurtür verschwunden. Dann klingelte es und ich blieb allein im Gang zurück. Ich würde zu spät zum Unterricht kommen.
Ich werde sie später suchen gehen und mich entschuldigen, nahm ich mir vor. Aber ich wusste, dass das nicht reichen würde. Nein, ich musste sie auf der Stelle finden und mich bei ihr entschuldigen. Sofort. Auch wenn das bedeutete, dass ich den Unterricht schwänzen würde und Ärger bekäme.
Weil eine Freundschaft mehr wert ist als Französisch, *oui*?
Zuerst sah ich auf dem Mädchenklo nach. Rhonda? Fehlanzeige. Da war nur eine sehr verärgerte Achtklässlerin, bei der ich … äh … versehentlich hereingeplatzt war.
Als Nächstes versuchte ich es in der Cafeteria, aber dort waren nur die Kantinenfrauen, die gerade große Tabletts nebeneinander aufreihten. Das Etwas auf den Tabletts sah aus wie die aufgewärmte Pampe vom gestrigen Mittagessen. Würg.
In der Richtung, in die Rhonda gerannt war, lag ansonsten nur noch das Lehrerzimmer und es schien mir nicht sehr wahrscheinlich, dass sie dorthin geflüchtet war. Zumindest wollte *ich* dort nicht hinein, da sich auch Mrs Stricker gerne dort breitmachte.
Ich konnte Rhonda nirgends entdecken.

Wer könnte mir helfen? Wenn ich Mom anriefe, würde sie herkommen und eine Elternszene hinlegen. Meine Bandkolleginnen? Sie *sahen* Missy Trillins böse Kräfte nicht und sie verstanden auch nicht, warum ich die Prinzessinnen nicht einfach zur Rede stellte. Außerdem waren Mari, Patti und Nanci in diesem Augenblick selbst in der Schule.

Letzten Endes gab es nur eine Person, die ich anrufen konnte. Ich werde immer tief in der Schuld meines Bruders stehen, weil sich durch dieses Telefongespräch alles geklärt hat.

Sobald ich aufgelegt hatte, wusste ich, was ich zu tun hatte.

NOCH EIN TIEFGRÜNDIGES GESPRÄCH MIT MEINEM BRUDER

KAPITEL 43

IM NIRGENDWO, GLEICH UM DIE ECKE

Mein Fluchtplan war einfach, aber tadellos: Ich lief durch die Tür nach draußen. Niemand hat etwas gesagt oder versucht, mich aufzuhalten.

Mein Herz zappelte wie ein gestrandeter Fisch, aber ich drehte mich nicht mehr um. Ich fragte mich, ob Rafe sich auch so gefühlt hatte, wenn er gegen eine Schulregel der HVMS verstoßen hatte: ob er aufgeregt gewesen war, ein wenig ängstlich und irgendwie stolz auf sich selbst – alles zur gleichen Zeit.

Es war nicht schwierig gewesen, Rhondas Adresse nachzuschlagen. Die Straße, in der sie wohnte, lag nur ein paar Blocks von der Schule entfernt. Die meisten Häuser hier waren klein und standen dicht am Gehweg. Es gab überhaupt keine Vorgärten – nur Auffahrten und Mülltonnen. Rhondas Haus sah genauso schäbig aus wie all die anderen, nur dass ihre Vordertür brandneu wirkte.

Als ich nach dem Türklopfer griff, sah ich, wie sich die scheußliche Blumengardine bewegte. Nur ein klein wenig, so als stünde jemand dahinter und linste an der Gardine vorbei nach draußen. Aber auf mein Klopfen hin öffnete niemand. Ich klopfte noch einmal. Und noch einmal.

Rhonda weiß nicht, mit wem sie es hier zu tun hat, dachte ich und klopfte weiter. Rafe hätte ein Liedchen davon singen können – so schnell gebe ich nicht auf.

»GEH WEG!«, schrie Rhonda durch die Tür.

»Nein!« Ich klopfte noch einmal,

dann klingelte ich dreimal hintereinander, nur um sie zu nerven.
Daraufhin wurde die Tür einen Spaltbreit geöffnet – allerdings mit eingehängter Sicherheitskette, so als ob ich ein Einbrecher wäre oder eine Dame von der Kirchengemeinde, die Rhonda nicht reinlassen wollte. »WIR SIND DOCH NICHT EINMAL FREUNDINNEN«, verkündete sie.
»Red nicht so dummes Zeug. Natürlich sind wir das.«
»DAS SIND WIR?« Rhonda sah so hoffnungsvoll aus. Sie strahlte über das ganze Gesicht.
»*Selbstverständlich* sind wir Freundinnen.« Ich schluckte. »Rhonda … Es tut mir leid, dass ich das zu Missy gesagt habe. Die Wahrheit ist – du bist meine beste Freundin an der HVMS.« Als ich es ausgesprochen hatte, wurde mir klar, dass es wahr war. Rhonda war ein bisschen verdreht und auch ein bisschen nervig und – offen gesagt – ein Modedesaster. Aber auf ihre Art war sie auch einzigartig. Und mutig. Und freundlich.
Ich musste an Missy denken und schämte mich. Wieso hatte es mich jemals interessiert, was sie von mir hielt?
Rhonda blinzelte und ich sah eine Träne auf ihrer oberen Wimper glänzen. Sie löste die Sicherheitskette und öffnete die Tür, aber herein bat sie mich nicht. »WESHALB HAST DU MISSY ERZÄHLT, DASS WIR KEINE FREUNDINNEN SIND?«
»Weil … ich ein Vollidiot bin«, sagte ich reumütig. »Rhonda, es tut mir wirklich schrecklich leid.«

Rhonda sagte gar nichts. Sie umarmte mich nur und drückte mich fest an sich.

So nah war ich Rhonda noch nie gewesen. Sie duftete überraschend gut nach Weichspüler und ihre Arme waren stark und weich zugleich.

»Du zerquetschst mich«, sagte ich ihr.

Wir ließen einander los und mussten lachen, vielleicht waren wir auch ein bisschen verlegen. Rhonda wischte sich über die Augen und ich sah, dass sie aufgehört hatte zu weinen. »BESTE FREUNDINNEN!«, sagte sie strahlend.

»In Ordnung, aber …« Ich grub die Zähne in die Unterlippe. »Rhonda, es wäre schön, wenn du mir … vielleicht nicht mehr ganz so oft hinterherlaufen würdest.«

»GEHT KLAR, GEORGIA! KEIN HINTERHERLAUFEN MEHR!« Sie dachte einen Moment darüber nach. »ABER WIR KÖNNEN DOCH TROTZDEM DIE GANZE ZEIT ZUSAMMEN RUMHÄNGEN, ODER?«

Ich seufzte. Dass Rhonda plötzlich normal würde, wäre vermutlich zu viel des Guten. Aber das ging schon in Ordnung.

Wer ist schon normal?

Missy?

Eben. Rhonda würde ich jederzeit den Vorzug geben.

KAPITEL 44

NIEDERGESCHLAGEN

An diesem Abend hockte ich auf meinem Lieblingsplatz im Swifty's, während Mom wie eine Libelle hinter meinem Rücken herumschwirrte. Im Burgergrill war es wie üblich sehr voll um diese Zeit, aber der Lärm machte mir nichts aus. Ich las gerade *Die Entdeckung des Hugo Cabret* und trank einen *(japs!)* Schoko-Milchshake, den ein Gast zurückgegeben hatte, weil er angeblich Erdbeergeschmack bestellt hatte. So überließ Mom mir den Schoko-Milchshake. Ich hätte glücklich sein sollen.

Aber wie sollte das gehen? Missy saß schon wieder mit ihrer Familie an diesem Tisch in der Ecke. Ich versuchte mich auf mein Buch zu konzentrieren, aber es gelang mir nicht.

Immer wieder musste ich daran denken, wie gerne ich nach Missys Glas greifen und ihr das Wasser ins Gesicht kippen würde. Wahrscheinlich würde sie zu schmelzen beginnen wie die Böse Hexe des Westens in *Der Zauberer von Oz*. Und ich würde singen: »Klipp-klapp – ich meine *Ding Dong* – die Hex ist tot!«

Jemand gab mir einen Kuss aufs Haar und ich sah nach oben. Mom hatte sich über mich gebeugt und lächelte. »Wie läuft's?« Sie lehnte sich an den Hocker, der neben meinem stand. »Ist der Milchshake gut?«

»Er ist der beste überhaupt.«

»Warum schaust du dann so finster?«

»Das tu ich gar nicht«, log ich. »So sehe ich nun mal aus.«

Mom verschränkte die Arme und sah hinüber zu dem Tisch, an dem Missy saß. »Wie läuft es denn in der Schule?«, fragte sie. Als sich unsere Blicke trafen, war ich mir plötzlich sicher, dass Mom bereits alles über Missy wusste, und auch, dass ich gerade das Bedürfnis hatte, diesem Mädchen Wasser ins Gesicht zu kippen.

»Als Mutter hast du wohl so was wie übersinnliche Kräfte?«

Mom zuckte mit den Schultern. »Willst du darüber reden?«

»Es … es läuft nicht ganz so gut«, räumte ich ein. »In der Hills Village Middle School geht es zu wie in einem Boxring und alle scheinen darauf aus zu sein, mich niederzuschlagen.«

HALT DURCH, GEORGIA!
Z Z Z Z Z Z Z Z
Wo bin ich?

Mom strich mir sanft übers Haar. »Rafe gegenüber ist es dir doch auch immer leichtgefallen, dich zu behaupten.«

»Mit Rafe ist es etwas anderes«, sagte ich.

»Wieso?«

»Rafe ist einfach Rafe!« Ich steckte einen langen Löffel in meinen Milchshake und begann darin zu rühren. »Er führt sich nicht wie eine Prinzessin auf. Missy schon.«

Mom sah wieder hinüber zu Missys Tisch. »Ich weiß, dass es nicht immer leicht ist, sich zu behaupten«, sagte sie. »Als ich in deinem Alter war, konnte ich das auch nicht besonders gut.« Sie biss sich auf die Lippe. »Auch heute fällt es mir manchmal noch schwer.«

»Dann habe ich das wohl von dir geerbt«, sagte ich.

Mom runzelte kurz die Stirn. Dann öffnete sie den Mund, als ob sie etwas sagen wollte, doch in diesem Moment zischte Pearl an uns vorbei und rief: »Jules, wärst du so lieb und würdest Tisch acht übernehmen?«

»Klar«, sagte Mom. Dann legte sie mir die Hand auf die Schulter. »Wir reden später, in Ordnung?«

»In Ordnung«, erwiderte ich, doch da war Mom schon wieder verschwunden.

Ich warf einen Blick hinüber zu Missy und sah, dass sie mich beobachtete. Wütend kniff ich die Augen zusammen und starrte zurück.

Warte nur, Missy Trillin, dachte ich. *Deine Tage als Prinzessin sind gezählt.*

KAPITEL 45

WENN DU AUF RACHE AUS BIST, SCHAUFLE ZWEI GRÄBER

Ich werde sie vom Thron stoßen, auch wenn sie mich mit in den Abgrund reißt.

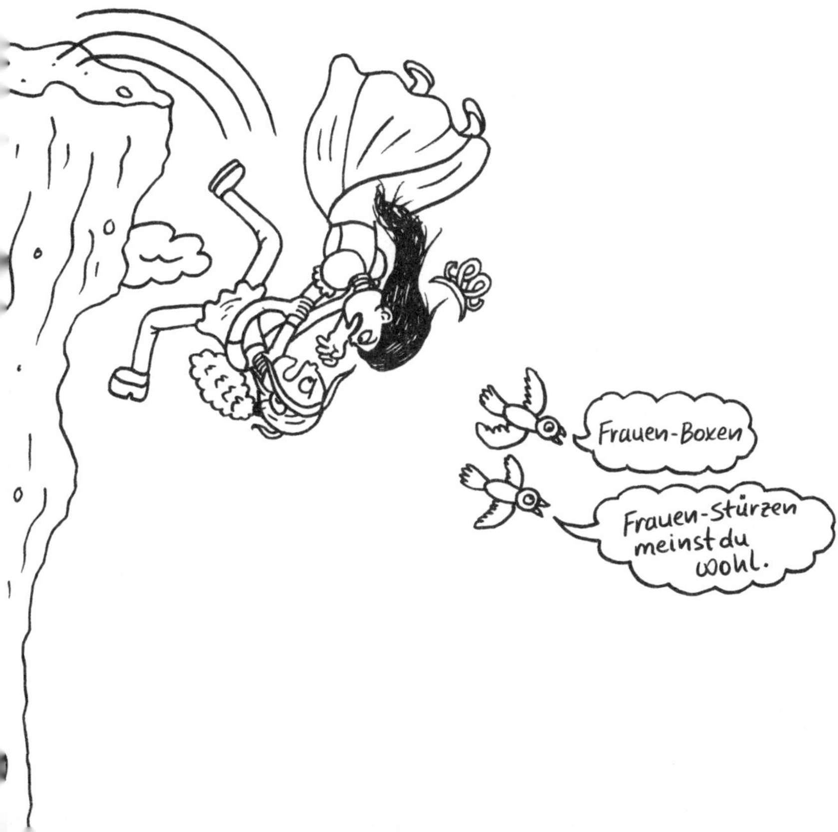

Diesen Vorsatz wiederholte ich innerlich immer und immer wieder, als ich an diesem Abend im Bett lag und an die Decke starrte. Ich war nicht wütend. Ich war vollkommen ruhig. Okay, vielleicht war ich ein klein wenig aufgeregt.

Missy hatte mich beleidigt, gedemütigt und verraten. Ich hatte meine Wette mit Rafe verloren. Ich hatte nachsitzen müssen – zweimal. Eigentlich gab es nichts, was sie mir noch nicht angetan hatte.

Ich war also frei.

Frei, um Rache zu üben.

Plötzlich hatte ich Mini-Miller vor Augen – wie er ausgesehen hatte, als er von mir weggehumpelt war. Dieses Problem hatte ich ziemlich schnell gelöst. Es waren nur ein paar Tritte gegen Mini-Millers Schienbein nötig gewesen.

Bei der Erinnerung daran wurde mir klar, dass Mom recht hatte. Ich *konnte* mich gut behaupten. Und Missy unterschied sich nicht allzu sehr von Mini-Miller, abgesehen davon, dass sie hübschere Klamotten anhatte.

Aber war ein Tritt gegen das Schienbein wirklich der beste Weg, Missy eine Lektion zu erteilen? Vermutlich nicht.

Es gab beinahe zu viele gute Möglichkeiten.

Missy in Gegenwart von Justin Bieber blamieren.
Vernichtendes Enthüllungsbuch schreiben: Der Teufel trägt Lipgloss.
Missy ins Gewissen reden. Vorbereitung: Missy zuerst Gewissen besorgen.
Klippe finden. Missy runterschubsen!

KAPITEL 46

~~EISKALTE~~ LAUWARME RACHE

»Georgia, es ist sieben Uhr morgens. Was um alles in der Welt kochst du da?«, fragte Mom zwei Tage später, als sie in die Küche kam. Verschlafen blinzelte sie hinüber zu dem großen Topf, der auf dem Herd stand.

»Ich mache nur Reispudding«, erklärte ich und rührte weiter in der sämigen Masse.

»Reispudding? An einem Donnerstag um sieben Uhr in der Früh?«

»Ich bin heute mit dem Frühstück dran«, erklärte ich. »Jede Woche bringt jemand anderes in der Klasse eine Kleinigkeit zum Frühstück für alle mit.« Ja, ich fühlte mich schuldig, wie ich so dastand und Mom anlog. Schuldig und auch ein bisschen stolz, weil ich, wie sich herausstellte, ganz gut darin war.

»Was?« Mom schlurfte zur Kaffeemaschine. »Rafe hat nie etwas in die Schule mitgenommen.«

»Ach, Rafe«, erwiderte ich und zuckte mit den Schultern,

was so viel heißen sollte wie *Rafe beteiligt sich doch nie an Schulaktivitäten*.

Vor ihrer ersten Tasse Kaffee am Morgen ist Mom nie richtig wach. Da ist es nicht schwer, sie anzuschwindeln.

Sie nickte nur und schlug dann vor, noch ein wenig Muskatnuss an den Reispudding zu geben. Und das tat ich. Dann bot sie mir an, mich zur Schule zu fahren, weil es schwierig sei mit der riesigen Plastikschüssel im Bus.

Perfekt!

Ich kam früh in der Schule an und versteckte mich in der Mädchentoilette, die neben der Turnhalle lag. Jeden Morgen, zehn Minuten vor der ersten Unterrichtsstunde, wurde diese Toilette nämlich von den Prinzessinnen besetzt. Ich schätze, sie brauchten die Zeit, um sich mit Schminke zuzuspachteln und sich weitere Methoden zu überlegen, nette Menschen zu beleidigen.

»Habt ihr gesehen, was Ashley Parker heute anhat? Ich fasse es nicht«, hörte ich Brittany sagen, nachdem die Prinzessinnen angetanzt waren.

Pünktlich wie die Feuerwehr, dachte ich gut gelaunt.

»Sie sieht aus wie ein Becher Hüttenkäse«, sagte Missy und die Prinzessinnen prusteten vor Lachen.

Warte noch, sagte ich mir. *Warte auf den perfekten Zeitpunkt.*

Ich beobachtete durch einen Spalt in der Tür, wie Missy Lipgloss auftrug und für ihr Spiegelbild einen Kussmund formte.

»Wer verrät Madison, dass sie Brokkoli zwischen den Zähnen hängen hat?«

»Das erledige ich«, bot Bethany sich an. »Wer bitte schön isst denn Brokkoli zum Frühstück?«

Missy toupierte ihr Haar auf. Dann verschwand sie in der Klokabine nebenan.

Ich zählte bis fünf, kletterte auf den Klodeckel, hievte die Plastikschüssel nach oben, stieß ein lautes »BUUÖÖH!« aus und tat so, als müsste ich mich übergeben.

Als ihr der Reispudding vom Kopf tropfte, schrie sie wie eine räudige Katze. Na ja, wie eine räudige Katze, der man gerade auf den Kopf gekotzt hatte, *während sie Pipi machte*.

»BUUÖÖH!!!« Dieses Mal wirkten meine Würgelaute noch echter.

Die anderen Prinzessinnen eilten herbei, um Missy zu Hilfe zu kommen, aber die Kabinentür war verschlossen und Missy konnte durch die Puddingpampe nichts sehen. So werkelten die drei vergeblich herum, während ich seelenruhig meine Kabine verließ, als wäre nichts geschehen. Das Einzige, was ich bedauerte, war, dass ich Missy nicht zu Gesicht bekam – aber allein mir vorzustellen, wie sie aussah, war ein Heidenspaß.

Mom hatte recht – mit etwas Muskatnuss schmeckte Rache am besten.

KAPITEL 47

EIN BESUCH BEIM EIDECHSENKÖNIG

Ich saß noch keine fünf Sekunden im Unterricht, als die Schulsekretärin hereinkam und Mr Grank einen Zettel übergab. Als er ihn gelesen hatte, schnellte sein Kopf in die Höhe. »Rafes SCHWESTER«, verkündete er, »der Eidechsenkönig erwartet dich im Bau der Qualen.«

»Hmm.« Schnell schob ich die riesige Plastikschüssel mit dem Fuß hinter mein Pult. »Okay.« Dann folgte ich der Schulsekretärin den Flur hinunter zum Büro des Direktors.

Eine Grille zirpte, als ich mich auf den Stuhl gegenüber des Eidechsenkönigs Mr Dwight schob. Ich bekam Gänsehaut, als seine lange Zunge herausschoss und er mit den Zähnen knirschte. Im Eidechsenbau wurde es still.

Arme Grille.

»Wie ich höre, trittst du in die Fußstapfen deines Bruders, Ms Khatchadorian«, zischte der Eidechsenkönig. »Wie wär's, wenn du mir ein wenig über diesen Reispudding-Vorfall erzählen würdest?«

»Reispudding?«, wiederholte ich, als hätte ich nicht die leiseste Ahnung, wovon er sprach. Zudem setzte ich noch mein »Verehrter Herr Direktor, was meinen Sie bloß damit?«-Gesicht auf und legte beide Hände ans Kinn. Wer diese Körperhaltung einnimmt, gilt erwiesenermaßen als unschuldig.

He-he-he. Das Kichern einer riesigen Eidechse ist ein Furcht einflößendes Geräusch. Der Eidechsenkönig streckte die schuppenbesetzten Klauen aus und umklammerte die Armlehnen seines Thrones. »Also bitte, Ms Khatchadorian«, sagte er. »Jemand hat eine Schüssel Reispudding über Missy Trillin ausgekippt und du bist die Hauptverdächtige.«

Bitte beachten: Ich hatte nicht einmal gelogen!
Doch irgendetwas in den goldenen Pupillen des Eidechsenkönigs sagte mir, dass er es mir nicht abkaufte. Ich biss mir auf die Zunge und lächelte nervös. Wenn er mich doch nur

irgendetwas gefragt hätte. So konnte ich nur stumm dasitzen und darauf warten, dass einer von uns tot umfiel.

In diesem Moment klopfte es an der Tür. Noch bevor der Eidechsenkönig »Herein« brüllen konnte, betrat mein Strafverteidiger den Bau. Nun ja, ich ging zumindest davon aus, dass es sich um meinen Strafverteidiger handelte.

Es war Rafe.

KAPITEL 48

DAFÜR BRAUCHE ICH ZWEI KAPITEL

Sie beschuldigen das falsche Mädchen«, sagte mein Bruder. Er warf eine Aktenmappe auf den Schreibtisch des Eidechsenkönigs und ein Stoß Papiere rutschte heraus. Rafe nahm eines der Blätter in die Hand. »Beweisstück A.«

»Was ist das?«, fragte der Eidechsenkönig stirnrunzelnd.

»Ihr Zwischenzeugnis des letzten Schuljahres.« Rafe hielt ein weiteres Blatt in die Höhe. »Hier haben wir das Zwischenzeugnis aus dem vorletzten Jahr. Und hier das aus dem Jahr davor. Wie Sie selbst sehen, handelt es sich bei den Noten durchweg um glatte Einsen.«

Der Eidechsenkönig betrachtete die Beweisstücke und spie plötzlich einen Feuerstrahl aus dem Maul, der die Zwischenzeugnisse in Asche verwandelte. Doch Rafe fuhr mit seinen Ausführungen unbeirrt fort.

»Georgia hatte auch immer eine Eins in Fleiß, was – offen gesagt – ein bisschen abstoßend ist. Ich meine, wer sitzt schon jeden Tag in der Bibliothek und büffelt?«

»Wenn Sie auf etwas Bestimmtes hinauswollen, Mr Khatchadorian, dann schlage ich vor, dass Sie auf den Punkt kommen«, fuhr ihn der Eidechsenkönig an. »Ich bekomme langsam Hunger.«

»Äh … richtig«, fuhr Rafe fort, »worauf ich hinauswill, ist, dass Georgia eine Musterschülerin war, bis sie an die Hills Village Middle School kam. Und die jetzige Situation ist allein meine Schuld.«

»Rafe?« Ich war so überrascht, dass mir nichts anderes einfiel.

Mein Bruder drehte sich zu mir um. »Es tut mir leid, Georgia«, sagte er. »Ich weiß, dass dich jeder hier für schuldig hält, weil ich so viel Mist an dieser Schule gebaut habe. Aber« – jetzt wandte sich mein Bruder wieder an den Eidechsenkönig – »Georgia ist *nicht* wie ich. Nicht annähernd.«

Es entstand eine lange Pause, die sich wie eine kurvige Straße hinzog, deren Verlauf nicht abzusehen war. Ich sah den Eidechsenkönig an. Er sah mich an. »Hast du irgendetwas dazu zu sagen?«, fragte er.

Ich blinzelte. Rafe war verschwunden.

Ihr wisst schon, dass Rafe in Wahrheit überhaupt nicht da gewesen ist, oder? Er kann ja nicht einfach während des Unterrichts die Airbrook-Kunstschule verlassen und an meiner Schule auftauchen.

Trotzdem … eine coole Vorstellung.

Lecker.
Khatchadorians sind eine so saftige Beute.
Ja, und giftig sind wir auch. Wohl bekomm's!

KAPITEL 49

SCHULD UND SÜHNE

»Wie kommen Sie darauf, dass ich das getan haben soll?«, fragte ich.

Der Eidechsenkönig zog eine Schublade auf und holte eine Kröte heraus. »Es gibt Zeugen, Ms Khatchadorian«, erwiderte er und stopfte sich die Kröte ins Maul. Ich konnte die Wölbung an seinem Hals sehen, während er schluckte.

»Oh«, sagte ich nur.

Ich hätte es wissen müssen. Bethany und Brittany waren auch in der Mädchentoilette gewesen. Ich vermute, sie haben mich trotz des Chaos dort bemerkt.

»Selbstverständlich wirst du eine Woche lang nachsitzen«, sagte der Eidechsenkönig. »Und ich vereinbare gleich einen Termin bei Ms Jordan für dich.«

»Der Seelenklempnerin?«, fragte ich.

»Der Schulpsychologin, ja.« Die gespaltene Zunge des Eidechsenkönigs schnellte vor und zurück. »Sie kennt deinen familiären Hintergrund.«

»Oh, gut, vielleicht kann sie mir bei meinem Referat über unseren Familienstammbaum helfen«, sagte ich. (Nein, nicht wirklich. Das habe ich nur gedacht. Würdet *ihr* bei einer riesigen Eidechse sarkastisch werden?)

Der Eidechsenkönig beugte sich vor. Sein Atem roch wie Hinterhofmüll im Hochsommer, während eines vierwöchigen Streiks der Müllabfuhr. »Bei deinem nächsten Besuch in meinem Büro werde ich keine Sekunde zögern, dich der Schule zu verweisen«, knurrte er. »Ich hab die Bauchschuppen voll von diesen Khatchadorians.«

Gut, und ich habe die Nase voll von dieser Schule, wollte ich zurückschreien. Aber wie ich schon sagte: Mit einer riesigen hungrigen Eidechse legt man sich besser nicht an.

»Du wirst jetzt geradewegs zu Ms Jordan marschieren, Ms Khatchadorian. Und denk daran, beim nächsten Mal lasse ich dich nicht mehr so einfach davonkommen.«

Zitternd stand ich auf und floh aus dem Eidechsenbau, glücklich, noch einmal mit dem Leben davongekommen zu sein. Aber wer konnte schon ahnen, was mich nun in der Höhle der Verzweiflung erwarten würde?

KAPITEL 50

SEELENKLEMPNEREI

Als ich auf dem Stuhl gegenüber der Schulpsychologin Platz nahm, wusste ich sofort, dass ich herzlich willkommen war.

»Bitte sagen Sie es nicht so«, bat ich sie.
Ms Jordan lehnte sich in ihrem Stuhl zurück und betrachtete mich eingehend. »*Wie* soll ich es nicht sagen?«, fragte sie.
»Mit all den Großbuchstaben und Ausrufezeichen am Ende.«
Ich setzte mich auf meine Hände. »Rafe und ich sind nicht ein und dieselbe Person. Und außerdem ist er gar nicht so schlimm, wie hier alle glauben.«
Ich musste daran denken, wie er mir beim Hofflohmarkt geholfen und mich vor dem Eidechsenkönig in Schutz genommen hatte – auch wenn das in Wahrheit gar nicht geschehen war –, und mir wurde ganz warm ums Herz.
»Hmm.« Ms Jordan griff nach einem Bleistift und ließ ihn ein paarmal auf den Tisch fallen. »Also … Was führt dich zu mir, Georgia?«
Ähm, der königliche Befehl Ihrer Majestät, der Eidechse?
»Das ist eine lange Geschichte.«
»Wir haben viiiel Zeit«, sagte Ms Jordan.
Ich seufzte. Es war klar, dass ich hier nicht herauskäme, bevor ich ihr nicht meine komplette Lebensgeschichte erzählt hätte.
Ich versuchte es mit einer kurzen Zusammenfassung.

MEINE AUSSERGEWÖHNLICHEN ERSTEN ZEHN LEBENSJAHRE

3. DURCH MEINE EIGENEN LEIDVOLLEN ERFAHRUNGEN WURDE ICH ZUR KÄMPFERIN FÜR DIE HILFLOSEN UND SCHWACHEN DIESER WELT.

4. ICH FEILTE AN MEINER ÜBERZEUGUNGSKRAFT UND ERHOB MEINE STIMME FÜR DIE, DIE IN NOT WAREN.

5. TROTZ DER STÄNDIGEN ABLENKUNGEN UND MISSHANDLUNGEN DURCH MEINEN BRUDER ERBRACHTE ICH SCHULISCHE HÖCHSTLEISTUNGEN.

»Ich frage mich, ob du die Geschichte nicht ein wenig abkürzen kannst«, sagte Ms Jordan.

»Ich habe Reispudding auf Missy Trillin geschüttet, während sie gerade gepinkelt hat.«

»Verstehe …« Ms Jordan nickte. »Ich glaube, jetzt kommen wir der Sache schon näher.«

KAPITEL 51

NOCH MEHR SEELENKLEMPNEREI

»Du hast Missy Trillin also Reispudding über den Kopf geschüttet«, wiederholte Ms Jordan. Mit dem Radiergummi-Ende ihres Bleistifts klopfte sie sich gegen die schlaffe Wange. »Wie hast du dich dabei gefühlt?«

»Furchtbar.«

Ms Jordan hob die Augenbrauen.

»Eigentlich hat es sich fantastisch angefühlt«, räumte ich ein.

»Ich nehme an, du hattest Gründe, Missy Trillin mit Reispudding zu übergießen«, sagte Ms Jordan und steckte sich den Stift hinters Ohr.

»Gute Gründe«, erwiderte ich. »Missy ist eine Mobberin.«
Ms Jordan spitzte die Lippen, so als würde sie meine Erklärung anzweifeln. »Ich habe mir deine früheren Zeugnisse angesehen. Du bist eine gute Schülerin, Georgia. Oder du warst es. Bis du auf die HVMS kamst.«
Ich zuckte mit den Schultern.
»Bist du nicht ein klein wenig in Sorge, wie deine Mutter reagieren wird, wenn sie von dem Vorfall hört?«
Mir schoss das Blut in den Kopf und ich wurde rot wie ein riesiger Pickel. »Absolut nicht«, wollte ich sagen, aber heraus kam stattdessen ein kleinlautes »Doch.«
»Hmm.« Ms Jordan zog den Stift hinter ihrem Ohr hervor und kratzte sich damit am Kopf. »Aber dein Bruder Rafe verstößt ja die ganze Zeit gegen irgendwelche Regeln, nicht wahr?«
»Ja, und?«
Ihre Oberlippe kräuselte sich. »Deine Mutter sollte also mittlerweile daran gewöhnt sein.«
»Ich habe Ihnen schon gesagt, dass ich nicht Rafe bin.«
»Mmm.« Die Schulpsychologin beugte sich vor und betrachtete mich, als ob ich ein Frosch wäre, den sie sezieren wolle. »Glaubst du, dass deine Körperbehinderung etwas damit zu tun hat, dass du dich so benimmst, Georgia?«
Ich fühlte mich, als hätte mir gerade jemand ins Gesicht geschlagen. Ich wusste nicht, was ich darauf erwidern sollte … Und dann fiel mir *eine Menge* Antworten ein, darunter viele

Wörter, die man in der Schule besser nicht laut aussprechen sollte.

Aber ich sagte gar nichts. Ich saß einfach nur da und holte tief Luft.

»Es scheint, ich habe da einen wunden Punkt getroffen«, meinte Ms Jordan.

»Ich gehe jetzt wieder in den Unterricht«, verkündete ich. Dann stand ich auf und ließ nicht nur Ms Jordans Büro hinter mir, sondern auch die ganze Seelenklempnerei.

KAPITEL 52

JEANNE GALLETTA IST EIGENTLICH EINE PRINZESSIN

Nach der Schule lief ich schnell in die Cafeteria, um Mr Adell beim Abwischen der schmutzigen Tische zu helfen. Der Bakterieneimer kam mir jetzt, beim zweiten Mal, gar nicht mehr so ekelerregend vor. Vermutlich waren meine Ansprüche nicht mehr sonderlich hoch.

Immerhin waren dieses Mal keine Prinzessinnen in Sicht, die jede Bewegung von mir kontrollierten. Das dachte ich zumindest.

»Georgia?« Jeanne klopfte an die Glastür der Cafeteria.

Ich beachtete sie nicht weiter. Was im Übrigen gar nicht so leicht war.

Schließlich öffnete ich die Tür. »Was willst du?« Vermutlich klang ich nicht gerade freundlich, aber das war mir egal. Ich warf einen Blick auf ihre Hände, um sicherzugehen, dass sie keinen »Pudding der Rache« bei sich trug.

»Ich, äh, ich wollte dir nur sagen, dass Missy, Bethany und Brittany nicht wollen, dass eure Band auf dem Schulball auftritt ...«

»Von mir aus«, meinte ich, doch Jeanne war noch nicht fertig.

»... aber ich habe ihnen gesagt, sie sollen dahin gehen, wo der Pfeffer wächst.«

»Du – hast was?« Ich war so verblüfft, dass ich meinen stinkenden Schwamm fallen ließ.

Jeanne sah über die Schulter nach hinten, als ob sie fürchtete, dass uns jemand ausspioniert. »Ich weiß, Missy hat ... ähm ... persönliche Gründe, deinen Auftritt verhindern zu wollen. Aber das wird sie verschmerzen müssen.«

»Ja«, meinte ich nur. Ich war etwas unsicher, wie ich reagieren sollte. Jeanne hatte mir einen Gefallen getan, aber ich wusste nicht, ob ich über diesen Gefallen wirklich glücklich sein sollte. Dennoch war es nett von ihr gewesen. »Ähm, danke?«

Jeanne nickte und ging davon. Auf dem Weg zur Tür blieb sie stehen und drehte sich noch einmal um. »Georgia, neulich, als ich dir sagte, dass ich deine Haare mag ...?«

»Ja?« Ich runzelte die Stirn.

»Du sollst wissen, dass es mir ernst damit war«, sagte sie. »Ich kann Missy nicht ausstehen«, fügte sie dann hinzu. »Ich wünschte, *ich* hätte den Mumm gehabt, ihr Pudding über den Kopf zu schütten.« Dann stieß Jeanne die Cafeteria-Tür auf und ging hinaus.

Einen Moment lang stand ich einfach nur da und sah ihr nach.

Plötzlich hatte ich eine tausendmal bessere Meinung von Rafe – was andererseits keine Kunst war, wenn man bedenkt, wie schlecht ich zuvor über ihn gedacht hatte. Trotzdem … vielleicht hatte er bei der Wahl seiner Freunde doch ein ganz gutes Händchen bewiesen.

Vielleicht war er auch der einzige Mensch, der auf Anhieb eine echte Prinzessin erkennen konnte.

KAPITEL 53

ÜBUNG MACHT NICHT IMMER MEISTER

Nach dem Nachsitzen beeilte ich mich, nach Hause zu kommen, weil wir proben wollten. Der Schulball war schon morgen Abend und die heutige Probe deswegen die letzte Chance für uns, vor dem Band-Battle noch einmal richtig Gas zu geben. Wir hatten sogar Zuschauer – Rafe, Rhonda und Mom.

»Wow«, sagte Rafe nach etwa einer halben Stunde. »Das war fantastisch.«

»Tatsächlich?«, fragte Patti.

»Ja …« Mein Bruder riss die Augen auf, als wäre es ihm todernst damit. »Ihr habt genauso geklungen wie ein Traktor, der von einem Felsvorsprung stürzt.«

»HÖRT NICHT AUF IHN!«, kreischte Rhonda. »ES KLANG SUPER!«

Ich sah hinüber zu Mom. »Ja«, meinte sie zögerlich. »Ich glaube, ihr Mädchen … werdet besser.«

Ich stöhnte auf. *Das war noch das Netteste, was ihr zu uns eingefallen ist,* dachte ich. *Und sie ist meine Mom! Wir müssen wirklich übel sein.*

Die Stinker! würden untergehen wie die *Titanic.*

Mari seufzte. »Am besten wird sein, wir tauchen da einfach auf und geben unser Bestes«, sagte sie.

»Da mache ich mir keine Sorgen«, meinte Nanci. Sie zog eine Chipstüte hervor und riss sie auf. »Das wird unser allererster Gig – es ist völlig in Ordnung, wenn wir nicht perfekt sind.«

»Für euch ist das ja auch halb so schlimm«, murmelte ich. »Ist ja nicht eure Schule. Auch wenn ihr euch bis auf die Knochen blamiert, wird es nicht vor aller Augen passieren, wenn ihr wisst, was ich meine.«

»WESHALB SOLLTE ES EINEM PEINLICH SEIN, DASS MAN SUPER IST?«, wollte Rhonda wissen.

Nanci kaute nachdenklich auf einem Kartoffelchip herum.

»Willst du aussteigen?«, fragte Patti.

Ja, dachte ich. Aber dann hatte ich plötzlich Missys böses, grinsendes Gesicht vor Augen und begriff, dass es genau das war, was sie wollte. Lieber würde ich für Rafe sechs Monate alle Arbeiten im Haus erledigen (was ich sowieso immer tat), als etwas zu tun, was Missy glücklich machte. Außerdem durfte ich Jeanne nicht enttäuschen, nachdem sie sich so für uns eingesetzt hatte. »Nein«, lautete schließlich meine Antwort auf Pattis Frage.

Mari lächelte. »Es wird super werden.«

»Ja«, stimmte Rafe ihr zu. »Zweihundertprozentig! Eine super Lärmbelästigung.« Dann lachte er sich über seinen eigenen Witz kaputt.

»Oh, halt die Klappe, Rafe«, herrschte ich ihn an. Ich biss die Zähne zusammen und starrte hinunter auf meine Gitarre. *Nur keine Sorge,* sprach ich mir selbst Mut zu. *So schlecht wirst du schon nicht sein.*

Und selbst wenn, wird es keine Rolle spielen. An der Schule kann es nicht noch schlimmer für dich werden, als es ohnehin schon ist. Stimmt doch, oder?

Oder?

KAPITEL 54

WIE ICH PRINZESSIN WURDE

Ich schwöre, dass ich Mom die Sache mit dem Reispudding und dem Nachsitzen erzählen wollte, sobald meine Bandkolleginnen nach Hause gegangen waren. Ehrlich. Es war nur … Ich hatte ein bisschen Angst, dass ich nicht zum Schulball gehen durfte, wenn ich es jetzt erwähnte. Ich wollte es ihr auf die richtige Art und Weise beibringen …

3 STRATEGIEN, WIE MAN MÜTTERN ETWAS GESTEHT! VON G.K.

»ICH KANN'S KAUM ERWARTEN, DIR MEIN BALLKLEID ZU ZEIGEN!«, rief Rhonda. Sie war mir schon wieder von der Schule nach Hause gefolgt, um uns beim Proben zuzusehen, aber irgendwie machte es mir nicht so viel aus. »WAS WIRST DU ANZIEHEN, GEORGIA?«

Mom neigte den Kopf, so als würde sie meine Antwort brennend interessieren.

»Ich … ich habe noch nicht darüber nachgedacht«, gab ich zu.

»NA, DANN DENK JETZT DARÜBER NACH!«, rief Rhonda. »IMMERHIN WIRST DU AUF DER BÜHNE STEHEN!«

»Und es ist dein erster Schulball«, ergänzte Mom. »Rhonda hat recht. Ich fahre mit dir zu Smythe and Smythe.«

»In dieses schicke Kaufhaus?«, fragte ich nach. Tatsächlich hatte ich den Laden bislang nur ein einziges Mal betreten. Eine sehr große, Furcht einflößende Frau ohne Augenbrauen hatte mich damals mit einem stinkenden Parfum bespritzt. Erst zwei Tage später war der Geruch endlich verflogen.

So kam es also, dass ich vergaß, das Nachsitzen zu erwähnen, und stattdessen auf Shoppingtour mit Rhonda und meiner Mom ging.

Ich lief sofort zu der Kleiderstange mit den Sonderangeboten, wo die Mode vor Erniedrigung stirbt.

»Irgendwie passt das alles nicht zu mir«, sagte ich.

»WAS IST MIT DEM DA?«, fragte Rhonda.

Rhondas begeistertem Tonfall nach zu urteilen, konnte ich mir schon denken, was ihr ins Auge gefallen war. Glücklicherweise hatte sich meine Fantasie gewaltig geirrt.

»Oh, das sieht toll aus!«, sagte Mom und nahm Rhonda das Kleid vom Arm. »Georgia, du musst es unbedingt anprobieren.«

Und das tat ich auch.

Noch bevor ich aus der Umkleidekabine trat, wusste ich, dass dieses Kleid wie für mich gemacht war. Und als ich mich dann draußen zeigte, stieß Rhonda einen Schrei aus und umarmte begeistert meine Mom. Die sagte: »Du siehst wunderhübsch aus, Georgia.«

Ich drehte mich einmal um die eigene Achse und betrachtete mich dabei eingehend in dem dreiseitigen Spiegel. Wunderhübsch? Na ja, sie ist meine Mutter. Aber ich sah eindeutig ziemlich gut aus.

»NIMM DAS, MISSY TRILLIN!«, kreischte Rhonda.

Ich lächelte. *Ja,* dachte ich. *Ich sehe irgendwie prinzessinnenmäßig aus. Auf eine gute Art und Weise.*

Das könnte wirklich funktionieren.

KAPITEL 55

MOM KLÄRT MICH AUF

Am nächsten Tag überlegte ich immer noch angestrengt, wie ich Mom die Sache mit dem Nachsitzen beibringen könnte. Doch nach dem Frühstück nahm mich Mom sofort mit in ihr Schlafzimmer und begann im Wandschrank herumzuwühlen. »Was tust du denn?«, fragte ich sie.

»Das wirst du gleich sehen«, murmelte Mom. Dann zog sie aus einer Ecke einen ziemlich mitgenommen aussehenden alten Schuhkarton heraus. Sie lächelte mich triumphierend an und sagte: »Komm, setz dich zu mir.«

Mit Mom im Wandschrank zu sitzen war eigentlich ganz gemütlich. Sie nahm den Deckel der Schachtel ab. Darin lag ein Haufen alter Fotos.

»Ähm, das hier kannst du verbrennen«, sagte ich und hielt ein Foto in die Höhe, auf dem ich ein Hühnerkostüm trug. Es war an Halloween gewesen, als ich drei Jahre alt gewesen war.

»Machst du Witze?« Mom kicherte. »Das ist bezaubernd.«

»Hier ist es!« Mom hielt mir ein Foto hin.
»Wer ist das?«, fragte ich sie.
»Das bin ich!« Mom lachte. »Vor dem Schulball. Da war ich auch in der fünften Klasse.«
»Du?« Ich starrte auf das Foto. »Wow. Ist ja komisch, dass ich dir überhaupt nicht ähnlich sehe. Da warst du ja ungefähr so alt wie ich jetzt.«

Oma Dotty erschien im Türrahmen. »Weshalb solltet ihr euch ähnlich sehen?«
»Mutter, lässt du uns bitte allein?« Mom zog die Tür zum Wandschrank von innen zu. Einen Moment lang war es stockduster und ich konnte rein gar nichts erkennen. Dann schaltete Mom das Licht an. Vielleicht lag es daran, dass das Licht von oben auf uns fiel, aber meine Mutter sah ganz merkwürdig aus.
Jetzt hätte ich die Sache mit dem Nachsitzen erzählen sollen. Stattdessen flüsterte ich: »Was ist denn mit Oma los?«
»Was meinst du?«
»Ich meine, du bist meine Mom, aber Oma Dotty hat neulich gesagt, sie wisse nicht, wie du in meinem Alter gewesen bist, und eben hat sie sich gewundert, weshalb wir uns ähnlich sehen sollten. Ist alles in Ordnung mit ihr?« Ich machte mir langsam Sorgen über Omas Geisteszustand. Ihr Gehirn schien sich immer längere Auszeiten zu nehmen. Ich konnte es ihm nicht verdenken – auch ich hätte nicht die ganze Zeit in ihrem Kopf stecken wollen.
»Erzähl es ihr, Jules«, sagte Oma auf der anderen Seite des Wandschranks. »Sie ist klug – sie wird es herausfinden. Erzähl es ihr, sonst tu ich es.«
»Mutter, würdest du jetzt einfach – gehen! Bitte!«
Mom hatte Oma noch nie zuvor angeschrien – nicht in meiner Gegenwart. Das hier wurde langsam richtig merkwürdig. Dann hörte ich, wie Oma das Zimmer verließ. Mom seufzte.

»Georgia, ich muss dir etwas sagen«, fing sie an und starrte dabei auf das irre Foto von ihr aus dem fünften Schuljahr, »aber ich weiß nicht, wie.« Sie klang so panisch und durch den Wind, dass ich befürchtete, sie wolle mir jetzt die Sache mit den Blumen und den Bienen erklären. Wozu mir nur Folgendes einfiel:

WÜRG.

»Ähm … Gib dir keine Mühe, Mom. Dieses ganze Zeug hatten wir schon letztes Jahr im Biologieunterricht«, sagte ich.

Mom kaute auf ihrer Unterlippe. »Nein, Georgia …« Sie nahm meine Hand und drückte ganz sachte meine Finger. »Liebling, ich weiß nicht, wie ich es dir sagen soll, also sage ich es jetzt einfach …«

Entschuldigung. Es könnte sein, dass diese Sprechblase nicht alles korrekt wiedergibt. Nach dem Wort *adoptiert* war es in meinem Gehirn nämlich zu einem Kurzschluss gekommen.

Aber es ergab Sinn. Es erklärte alles. Weshalb ich nicht so aussah wie Mom, als sie in meinem Alter war. Weshalb ich so völlig anders war als Rafe.

Oma Dottys Gehirn wurde also gar nicht von Würmern zerfressen.

Mein *Leben* schon.

KAPITEL 56

DIE SELTSAME WAHRHEIT

»Als Rafe und Leo geboren wurden, war ich wahnsinnig glücklich. Aber Leo wurde krank. Und dann ist er gestorben«, erzählte Mom.

»Mir fällt es wirklich immer noch sehr schwer, darüber zu sprechen. Damals wollte ich das Haus gar nicht mehr verlassen – niemals wieder. Ich wollte auch nicht, dass Rafe das Haus verlässt. Ich achtete darauf, dass er nicht mit spitzen Gegenständen spielte oder mit etwas, was auf dem Boden lag, ich wollte ihn nicht einmal mehr auf der Couch sitzen lassen, weil er dort hätte herunterfallen können. Ich wurde langsam wahnsinnig vor Angst und das tat uns beiden nicht gut. Und dann begriff ich plötzlich, dass ich statt weniger Ablenkung in Wahrheit einfach mehr davon brauchte. Ich brauchte eine neue Aufgabe. Ich hatte so viel Liebe zu geben und du brauchtest jemanden, der dich liebt. Also habe ich dich adoptiert.

Mom sprach nicht weiter. Sie sah mich an, als ob sie versuchen würde, meine Gedanken zu lesen. Eines war mir klar: Ihr lag sehr viel daran, dass ich es verstehen würde …

Nur war ich mir nicht sicher, ob ich es auch *tatsächlich* verstand.

»Du hast mich adoptiert, um Leo zu ersetzen?«

»Nein«, sagte Mom, aber ihre Stimme zitterte und klang fremd, und so hörte es sich für mich mehr wie ein *Kann schon sein* an.

Rafe und Leo waren Zwillinge gewesen. Leos Platz könnte ich niemals einnehmen. Kein Wunder, dass ich immer das Gefühl hatte, perfekt sein zu müssen – und das Gefühl, nicht so zu sein, wie ich sein sollte. Ich war es nicht.

Weil ich nicht Leo war. Und es niemals sein würde.

KAPITEL 57

ICH GEHE NICHT HIN

Vom Nachsitzen habe ich Mom nichts erzählt. Was hätte das gebracht? Es war ohnehin klar, dass ich nicht zum Schulball gehen würde.

Ich ging in mein Zimmer und kletterte durchs Fenster auf das Dach der hinteren Veranda. Dahin verkrümele ich mich immer, wenn ich allein sein will.

Ich schaute in den Himmel. Dort oben baumelte der Mond – er war fast voll. Wo wir leben, gibt es zu viel künstliches Licht, und so waren nur ein, zwei Sterne zu sehen.

»Wartest du auf eine Sternschnuppe, damit du dir etwas wünschen kannst?«, fragte Rafe. Er stand am Fenster und lehnte sich nach draußen.

Ich musste an all meine üblichen Wünsche denken, zum Beispiel in der Lotterie zu gewinnen, ein berühmter Disney-Channel-Star zu werden, den Band-Battle zu rocken …

Nichts davon schien mehr wichtig zu sein. »Weshalb sollte ich mir etwas wünschen?«, lautete meine Gegenfrage.

Rafe zuckte mit den Schultern. »Vielleicht geht dein Wunsch

ja in Erfüllung. Hättest du was dagegen, wenn ich mich zu dir setzen würde?«

»Nein«, sagte ich.

»Super«, meinte Rafe und kletterte aus dem Fenster.

Ich seufzte. Eigentlich hatte ich *Nein, mach das nicht* gemeint, nicht *Nein, ich habe nichts dagegen.* Aber Rafe war gerade sehr nett und ich hatte irgendwie nicht die Kraft, ihm klarzumachen, dass ich allein sein wollte.

Rafe sagte nichts. Er legte sich nur neben mich auf das Verandadach und betrachtete den pummeligen Mond.

»Hast du es gewusst?«, fragte ich in die Nachtluft hinein.

Eine ganze Weile lagen wir schweigend da. Unten im Hof zirpte eine einsame Grille. Ich hatte schon den Verdacht, dass Rafe eingeschlafen war, und wollte ihn gerade in die Seite knuffen, als er mir doch noch antwortete. »Ja.«

»Wann hat Mom es dir erzählt?«

»Das musste sie gar nicht. Ich kann mich noch daran erinnern.«

Mir wurde schwindelig. Gut, dass ich schon auf dem Rücken lag.

»Deshalb schenkt Mom immer dir ihre ganze Aufmerksamkeit. Deshalb – und wegen deines Beins.«

»Ihre ganze Aufmerksamkeit?«, wiederholte ich. »Ist das dein Ernst?«

»Wenn ich mich nicht ständig danebenbenehmen würde, hätte Mom längst vergessen, dass es mich gibt«, sagte Rafe. »So ist es seit dem Tag, an dem wir dich nach Hause holten.«

Dem Tag, an dem wir dich nach Hause holten. Aus irgendeinem Grund musste ich bei diesen Worten weinen, was ich allerdings so unauffällig wie möglich tat. Die Tränen liefen mir rechts und links aus den Augen, kullerten über die Wangen und tropften in meine Haare.

»Du bist meine Schwester, Georgia«, sagte Rafe. »Das bist du immer gewesen.« Und dann nahm er meine Hand und ich hatte das Gefühl, ich könnte jeden Augenblick in tausend Stücke zerspringen.

Ich kämpfte gegen meine Tränen an und schluckte schwer. »Sollen wir uns jetzt vielleicht mal umarmen?«, fragte ich ihn.

»Nein, danke«, erwiderte er. »Dein Mundgeruch ist genauso übel wie deine Band.«

»Ich wusste, dass du dahintersteckst«, sagte ich.

»Was?«

»Vergiss es.«

»Ist heute Abend nicht der Schulball? Weshalb hast du dich noch nicht umgezogen?« Er rollte sich auf die Seite, um mir ins Gesicht zu sehen.

»Ich bin nicht in der Stimmung«, erklärte ich ihm.

»Du lässt die Band hängen?« Rafe klang erschrocken.

Darüber hatte ich noch nicht nachgedacht. Rafe hatte recht – ich durfte Mari, Nanci und Patti nicht enttäuschen. Genauso wenig wie Sam. Ich hatte versprochen, mit ihm zu tanzen. Wenn ich nicht auftauchen würde, hätte er die drei Dollar für Mr Bananas umsonst investiert.

Jetzt drehte auch ich mich auf die Seite, um meinem Bruder ins Gesicht zu sehen. »Du hast recht.«

Mein Bruder grinste. »Wie immer.«

»Das ist ein ganz besonderer Moment, Rafe – mach ihn nicht kaputt.«

»'Tschuldige.«

KAPITEL 58

MEIN ERSTER SCHULBALL (WERDE ICH IHN JE VERGESSEN KÖNNEN?) (KEINE AHNUNG) (WAHRSCHEINLICH SCHON)

Da stand ich nun vor der Flügeltür und atmete tief durch. Ich konnte die Musik hören, die auf der anderen Seite gespielt wurde. *Du schaffst das,* sprach ich mir selbst Mut zu. *Geh einfach rein.*

Meine Füße aber wollten mir nicht gehorchen. Gerade war mir Missy in den Kopf gekommen, genau wie eine Fliege, die immer und immer wieder ihre Runden dreht, bis es einen wahnsinnig macht. Ich konnte schon all die Gemeinheiten hören, die sie mir entgegenschleudern würde: »Verschwinde von hier, du LAHME ENTE! HUMPLE mal lieber gleich wieder zur Tür raus. Dein Kleid ist ja so was von LAHM!«

Es gab also nur eins, was ich tun konnte.
Ich stieß die Flügeltür auf und japste erst einmal nach Luft. Die Turnhalle sah unglaublich aus – das Tanzkomitee hatte wahre Wunder vollbracht. Von der Decke hingen überall silberne Sterne und quer durch die ganze Turnhalle waren silberne Girlanden gespannt worden. Und ich hatte zwar keinen blassen Schimmer, wie sie den Schweißgeruch von alten Turnschuhen wegbekommen hatten, aber in der Halle duftete es nun nach Missys Shampoo. In einer Ecke stand ein Tisch mit Cupcakes und Keksen. Und da hinten befand sich die Bühne mit einem roten Vorhang. Silberne Glitzerbuchstaben bildeten das Wort *Band-Battle*.
Mein Magen sprang herum wie ein Turner bei der Olympiade. Ich konnte nicht glauben, dass Missy es tatsächlich fertiggebracht hatte, in unserer Turnhalle ein Motto wie »Mondschein über Venedig« durchzuziehen.

AUSS
BAND-
Zum Glück hat sie mir keinen Hut aufgesetzt.
Hinfort mit dem Nerd.
Er passt nicht nach Venedig.
Missy ließ mich aus Venedig einfliegen.

TER
BATTLE
TANZT DEN NERD-WALK
Schmeckt wie flüssige Gummi-bärchen
PEINLICHE AUFPASSER
Delizioso!

»Hey!« Sam tippte mir auf die Schulter. »Du siehst toll aus. Dein Kleid ist wirklich schön.« Er schenkte mir ein herrliches Grübchenlächeln.

Mein Magen begann wieder Salto zu schlagen, als trainiere er für die Goldmedaille.

»Danke!«, erwiderte ich. Sam sah ebenfalls toll aus, aber ich wusste nicht, wie ich ihm das hätte sagen sollen, ohne idiotisch zu klingen. Weshalb es nur für folgende Bemerkung reichte: »Deine Krawatte gefällt mir.«

»Ich wusste, dass du sie mögen würdest«, meinte er. Die Krawatte hatte ein Affenmuster.

Ich wurde rot. *Er hat diese Krawatte für mich ausgesucht!* Mein Magen schlug mittlerweile solche Kapriolen, dass ich Angst um meine Rippen hatte. Ich dachte angestrengt darüber nach, was ich sagen könnte, doch vermutlich hatte mein Gehirn gerade Sendepause. Also stand ich eine Weile nur unbeholfen herum und beobachtete meine Mitschüler auf der Tanzfläche. Die Diskokugel ließ Lichtflecken durch die ganze Turnhalle schweben. Ich kam mir vor wie in einer Art Schneekugel.

»Willst du tanzen?«, fragte Sam.

Hinter Sam ertönte eine Stimme: »Das will sie ganz bestimmt nicht. Oder glaubst du, sie hat vor, über die Tanzfläche zu *humpeln*?« Dort stand Missy – glitzerndes Prinzessinnenkleid, glänzendes Haar und schneeweiße Zähne – und grinste mich höhnisch an.

Mein Magen machte keinen Salto mehr, er stolperte und kam mit einem Bauchplatscher zu Fall. Ich wollte etwas erwidern, war aber zu verblüfft dazu.

»Missy, warum verschwindest du nicht einfach und lässt dich in einer Gondel aufs Meer hinaustreiben?«, sagte Sam und nahm meine Hand. Er zog mich mit sich in Richtung Tanzfläche, bis ich zögernd am Rand stehen blieb.

»Was ist los?«, fragte Sam.

Ich biss mir auf die Unterlippe. »Sam – Missy hat …«

»… nicht mehr alle Tassen im Schrank?«, schlug Sam vor.

»Ja … aber vielleicht hat sie auch recht.« Ich sah hinunter auf meine Füße. Mir war kalt und mein Kleid fühlte sich klamm an, so als hätte meine Verlegenheit gerade die Raumtemperatur gesenkt. Mir war auch ein bisschen übel und ich fragte mich, ob ich vielleicht etwas ausbrütete.

Sam legte mir sanft die Hand auf die Schulter und versicherte mir: »Du musst nicht tanzen, wenn du nicht willst, Georgia.« Er hatte so wahnsinnig blaue Augen. Sie erinnerten mich an diese hübschen Sprudelflaschen aus Glas, die Oma Dotty so gerne auf den Hofflohmärkten kaufte. Ich stellte mir vor, wie Licht durch seine Augen fällt, ganz so wie durch die Flaschen, wenn Oma sie auf das Fensterbrett stellt. Plötzlich war mir gar nicht mehr kalt.

Es tat gut zu wissen, dass Sam es verstehen würde, wenn ich mich auf der Tanzfläche nicht blamieren wollte. Es gab da nur ein Problem …

»Ich *will* ja tanzen«, sagte ich. Und das wollte ich wirklich.

Das hier war schließlich mein großer Augenblick!

Ich war auf meinem ersten Schulball!

Ein süßer, netter Junge wollte mit mir tanzen!

Es ist ja nicht so, als würde einem das jedes Wochenende passieren.

Sam lächelte. »Gut. Du hattest mir nämlich versprochen, dass du mit mir tanzen wirst.«

In dem Moment, in dem wir die Tanzfläche betraten, verklang die Musik und ein langsames Lied setzte ein.

Sam legte die Arme auf meine Hüfte und ich war mir sicher, dass ich gleich ohnmächtig würde. Ich lehnte meinen Kopf an seine Schulter. Tanzen war überhaupt nicht schwer – ich schob mich einfach vor und zurück. Mag sein, dass der Geruch von Missys Shampoo und die glitzernde Diskokugel mir die Sinne vernebelten, aber ich kam mir vor wie in einem glücklichen, wundervollen Traum.

Ich wollte nicht, dass es jemals wieder aufhörte.

Aber drei Minuten später war es dann so weit.

KAPITEL 59

WAS FÜR EINE SHOW!

»Lass uns noch nicht gehen«, bat ich Sam. Am liebsten wäre ich für immer auf der Tanzfläche geblieben und hätte mich mit ihm im Takt der Musik bewegt.

»Ich kann euren Auftritt kaum erwarten«, meinte Sam. »Das wird super!«
»Super?«, wiederholte ich. »Ja, super für *Missy*.«
»Du machst dir doch ihretwegen keine Sorgen, oder?«, fragte Sam. »Was könnte sie dir schon tun?«
Oh, vermutlich nichts wirklich Schlimmes. Höchstens alle anderen Schüler dazu anstacheln, uns auszubuhen? Tomaten in mein Gesicht werfen? Ihren Pinscher an mein Bein pinkeln lassen?
Sam muss gesehen haben, wie sich das Entsetzen auf meinem Gesicht ausbreitete, denn jetzt versuchte er mich zu beruhigen. »Alles wird gut. Ich verspreche es dir.«
»Lass nicht zu, dass sie mich von der Bühne stößt.«
»Mit einer Mistgabel?«
Das klang nun *wirklich* beängstigend. »Egal, wie.«
Sam versprach es und lief mit mir zur Bühne. Dort standen schon Nanci, Mari und Patti und sahen der ersten Band des Abends zu – die mit ihrer öden Darbietung alle in den Schlaf lullte.
Rhonda stieß zu uns. »DANN LASST UNS MAL EIN PAAR TROMMELFELLE ZUM PLATZEN BRINGEN!«, kreischte sie im Flüsterton – so etwas bringt nur Rhonda fertig.
»Ähm, Mädels, ich habe Rhonda gesagt, sie kann einen unserer Songs singen«, sagte ich. Dann kniff ich kurz die Augen zusammen. Ich war mir nicht sicher, was mich erwartete. Entsetztes Schnauben? Schreie?

»Okay«, meinte Nanci.

Mari nickte. »Klingt gut.«

»Willkommen bei Die Stinker!«, sagte Patti zu Rhonda, deren Augen jetzt heller leuchteten als die Kerzen an einem Weihnachtsbaum.

»Also gut«, sagte ich. *Weshalb sollte Rhonda eigentlich nicht mit uns auftreten? Wir können ja nicht noch schlechter werden.*

Die Band, die vor uns dran war, beendete ihren Auftritt und Missy kündigte uns an. »Okay, Leute. Die folgende Band habe ich schon einmal live erlebt und so viel kann ich euch sagen: Sie macht ihrem Namen wirklich alle Ehre. Also her mit dem Oropax – und vielleicht wäre auch eine Augenbinde hilfreich. Hier kommen Die Stinker!!«

Hier und da halbherziger Applaus. Jemand pfiff, vermutlich Sam.

Rhonda stampfte schnurstracks zum Mikrofon. »SEID IHR BEREIT?«

»Ja!«, schrie Sam. Seine Stimme hallte in der stillen Turnhalle wider.

»ICH KANN EUCH NICHT HÖREN! NOCH EINMAL: SEID IHR BEREIT?!«

»Ja!« Dieses Mal stimmten ein paar Leute mehr mit ein.

»DANN LASST UNS DIE HÜTTE ZUM WACKELN BRINGEN!« Rhonda wandte sich an uns – »EINS, ZWEI, EINS-ZWEI-DREI-VIER!« – und wir legten los. Rhonda schnappte sich das Mikrofon und fegte nur so über die Bühne!

Eins kann ich euch sagen: Sie war FANTASTISCH.

Doch, das ist mein voller Ernst.

Doch, wirklich.

Ehrlich!

Die Stinker! klangen großartig! Die vielen Stunden, in denen wir mit unseren Instrumenten gekämpft hatten, machten sich endlich bezahlt. Meine Finger verhedderten sich nicht mehr und ich ließ auch das Plektron nicht fallen.

Nanci bearbeitete das Schlagzeug, anstatt Kuchen zu essen. Maris Bass behielt tatsächlich alle seine Saiten und Patti hatte sogar daran gedacht, ihr Keyboard ans Stromnetz anzuschließen.

Und Rhondas durchgeknallte Kreischstimme passte tatsächlich hervorragend zu unserer durchgeknallten, kreischenden Musik. Wir gingen ab wie eine Heavy-Metal-Band!

Die Menge tanzte wie verrückt und stieß die Fäuste in die Luft. Aber erst als ich zu Missy hinübersah, begriff ich, dass

wir wirklich gut sein mussten. Sie machte nämlich ein Gesicht, als würde sie jeden Moment jemanden erwürgen.
Ich grinste.
Die Band spielte weiter.

KAPITEL 60

WIE MAN EINE PRINZESSIN BLAMIERT

Als wir fertig waren, tobte die Menge und alle schrien wild durcheinander. Mein Brustkorb vibrierte von den vielen Stimmen.

Die Angst vor einer Blamage war so groß gewesen, dass ich nicht eine Sekunde darüber nachgedacht hatte, dass es sich gut anfühlen könnte, auf einer Bühne zu stehen. Jetzt sprang die Begeisterung der Leute auf mich über und ich kam mir vor wie ein Vulkan, der jeden Augenblick vor Glück explodieren würde.

Das Publikum tobte immer noch.

Jemand warf eine Unterhose auf die Bühne.

Rhonda sah mich strahlend an.

»HAB ICH DIR NICHT GESAGT, DASS WIR ES KRACHEN LASSEN WERDEN!?«

Die Menge jubelte.

»Zugabe! Zugabe! Zugabe!«

Das ist normalerweise die Stelle, an der ich sagen würde: *Und dann wachte ich auf.*

Aber dies hier geschah tatsächlich.

»Lasst uns noch ein Lied spielen!«, schrie ich, um das lärmende Publikum zu übertönen. Aber in diesem Augenblick stürmte Missy Trillin auf die Bühne. Sie riss Rhonda das Mikrofon aus der Hand. Dann fing sie die Menge mit ihrem Todesblick ein.

In der Turnhalle herrschte Grabesstille. Die Menschen standen an *meinem* Grab.

»Also gut«, sagte Missy schließlich. Das Mikrofon ließ ihre Stimme von den Wänden widerhallen. »Das war erstaunlich. Vor allem, da ja jeder weiß, dass Georgia so … *lahm* ist.« Sie grinste spöttisch.

Es blieb weiter still. Mein Hals brannte, als hätte ich glühende Lava geschluckt. Vor meinen Augen verschwamm alles. *Renn weg!*, schrie mein Gehirn. *Bevor sie dich von der Bühne stößt!*

Aber noch bevor ich mich umdrehen und weglaufen konnte, rief jemand aus dem Publikum: »Buh!« Dann tönte es auch aus einer anderen Ecke: »Buh, Missy!«

Ich hörte Sam rufen: »Wir wollen eine Zugabe!«

»Zu-ga-be! Zu-ga-be! Zu-ga-be!«, riefen jetzt alle. Ich konnte es nicht glauben. Sie widersetzten sich Missy. Begann ihre Vorherrschaft zu bröckeln? »Es tut mir leid, aber dafür haben wir keine Zeit«, sprach Missy ins Mikrofon. »Die nächste Band heißt …«

»ZU-GA-BE! ZU-GA-BE!«

Die Rufe prasselten auf mich nieder wie ein warmer Regenguss. Ich blinzelte und meine Tränen wurden fortgespült. Ich sah Missy ins Mikrofon sprechen, verstand aber nicht mehr, was sie sagte. Das Publikum war zu laut. Es verlangte nach einer Zugabe.

Und da – genau in diesem Augenblick – wurde mir etwas sehr Wichtiges klar: Ich wollte ihnen diese Zugabe geben.

»Ruhe jetzt«, brüllte Missy, aber sie war nicht mehr zu verstehen. Vielleicht hatten die Leute sie auch verstanden, aber es war ihnen egal, was sie sagte.

»Verschwinde von der Bühne, Missy«, blaffte ich sie an und griff nach dem Mikrofon.

Missy streckte das Bein aus und ich stolperte darüber. Wedelte mit den Armen, um das Gleichgewicht zu halten. Griff nach dem Erstbesten, an dem ich mich festhalten konnte. Und dann …

Ein paar Schüler, die in der ersten Reihe standen, fingen mich auf. Ich hatte mir nicht wehgetan. Gerade noch rechtzeitig ging mein Blick nach oben. Dort stand Missy und starrte mit vor Entsetzen aufgerissenen Augen dorthin, wo ihr Rock hätte sein sollen. Dann hob sie den Kopf und schaute in die Menge – die sie schallend auslachte.

Rhonda bot Missy ein Tamburin an, das sie sich vor die Unterhose halten sollte, aber Missy schmiss es einfach auf den Boden. Dann stieß sie einen spitzen Schrei aus und rannte von der Bühne.

Rhonda sah nach unten zu mir. »SOLLEN WIR NOCH EIN LIED SPIELEN?«, fragte sie.

»Aber sicher!«

Rhonda hielt mir die Hand hin und half mir dabei, wieder auf die Bühne zu klettern. Unter dem Jubel der Menge legte ich mir meinen Gitarrengurt um. Wir spielten den nächsten Song und danach noch zwei weitere. Dann verbeugten wir uns, bestimmt fünf Minuten lang. Rhonda genoss das Ganze in vollen Zügen – sie hauchte Luftküsschen in die Menge und suchte sich die süßesten Jungen aus dem Publikum aus, um ihnen zuzuwinken.

Als wir die Bühne verließen, gab ich Rhonda ein High five. Nanci, Mari und Patti quietschten vor Begeisterung.

»Ich kann es gar nicht erwarten, bis wir an der Airbrook auftreten!«, sagte Mari.

Oje. Ich war mir nicht sicher, was Rafe davon halten würde.

Vermutlich würde er sich den ganzen Auftritt über in der Jungentoilette einschließen, würgen und sich die Ohren zuhalten.

»WIR WAREN SUPER! STIMMT'S, GEORGIA?«, fragte Rhonda.

»Du warst fantastisch, Rhonda«, erwiderte ich. Als sie unter einem Lächeln rot wurde, nahm ich sie in die Arme.

»Georgia?«, sagte plötzlich eine sanfte Stimme hinter mir. Ich weiß nicht, weshalb ich sie durch die Beifallrufe der Menge überhaupt hören konnte, aber das tat ich.

»Äh, Georgia, ich wollte dir nur sagen, dass ich euch wirklich gut fand. Es tut mir leid, dass Missy da oben so gemein gewesen ist.«

»Danke, Bethany«, sagte ich.

»Ich bin Brittany.«

»Oh, okay. Also, wie auch immer, danke.«

»Sie ist wirklich schrecklich, stimmt's?«, fragte Brittany. Sie sah aus, als würde sie jeden Moment in Tränen ausbrechen.

Ich fühlte mich irgendwie schlecht. Es muss schwer sein, mit Missy befreundet zu sein. Ich drückte ihre Schulter. »Ja, sie ist furchtbar.«

Und dann *brach* Brittany in Tränen aus.

In diesem Moment rief Sam nach mir. »Georgia!« Er winkte und lief auf mich zu. Mein Auftritt war vorüber. Meine Band hatte es tatsächlich krachen lassen. Und das Beste war, dass ich nun den Rest des Abends mit Sam tanzen konnte.

Ich winkte lächelnd zurück.

Der

beste

Schulball

aller

Zeiten!

KAPITEL 61

MOM IST … MEINE MOM

Als ich später am Abend in Moms Auto stieg, wartete sie schon gespannt auf meinen Bericht. »Wie ist es gelaufen?« Mein Kopf schwirrte nur so von all dem, was ich ihr erzählen wollte.

»Wir haben den Band-Battle gewonnen!«, verkündete ich. »Und ich habe mit Sam getanzt! Es war … ach, es war einfach der beste Abend meines Lebens!«

»Wie mich das freut! Du und die Band, ihr habt so hart gearbeitet.« Mom lächelte selig. »Das hast du dir verdient, Georgia.«

Plötzlich kam ich mir vor wie ein Scheusal. Mom hatte mir dieses tolle Kleid gekauft und mich ermutigt aufzutreten. Und ich hatte ihr nicht einmal die Wahrheit über das Nachsitzen gesagt. Nach meinem Geständnis hätte sie mir vermutlich Hausarrest aufgebrummt und den schönsten Abend meines Lebens hätte es nie gegeben …

Ich fühlte mich schlecht, so als hätte ich aus Versehen etwas in einem Laden mitgehen lassen.

Mom verdiente es, die Wahrheit zu erfahren.

Ich holte tief Luft. »Mom, ich habe Missy Trillin Reispudding über den Kopf geschüttet und dafür eine Woche Nachsitzen bekommen und ich musste deswegen auch zur Schulpsychologin, aber ich schwöre, dass es sich damit erledigt hat, und ich werde niemals wieder etwas Schlimmes tun und es tut mir soooooo leid.«

»Ach, Georgia«, sagte Mom und schüttelte den Kopf.

»Ich weiß.«

»Ich wünschte, du hättest es mir erzählt.«

»Ich weiß. Ich wollte es dir ja noch vor dem Schulball sagen, aber …«

»Nein, Georgia.« Mom schüttelte immer noch den Kopf und nahm meine Hand. »Ich wünschte, du hättest mir erzählt, dass du so viel Ärger mit Missy hast. Ich hätte dir helfen können.«

Ich seufzte. »Ich glaube, es hat sich mittlerweile ohnehin erledigt.«

»Das ist gut. Und Georgia – wegen der Adoption. Entschuldige bitte. Ich hätte dir das alles schon früher erzählen sollen. Ich schätze … Ich schätze, ich hatte gehofft, es wäre nicht weiter von Bedeutung.«

Dort saßen wir nun, im Auto, auf einem stockfinsteren Parkplatz. War es von Bedeutung, dass ich adoptiert war? Irgendwo da draußen liefen meine biologische Mutter und mein biologischer Vater herum. Wir waren uns genetisch sehr ähnlich. Das war von Bedeutung.

Aber hier, im dunklen Wagen, saß eine Mutter, die mich aufgezogen hatte.

Wir liebten uns. Und das war doch schließlich das Allerwichtigste.

»Tut mir leid, dass ich in letzter Zeit so eine lausige Tochter war«, sagte ich nach einer Weile.

Mom drehte sich nach hinten, um mir in die Augen zu sehen.

»Georgia«, sagte sie. »Ich wünschte, du wärst in der Schule nicht in Schwierigkeiten geraten. Aber du bist keine lausige Tochter. Du bist wundervoll. Und selbst wenn du lausig wärst – ich würde dich trotzdem lieben.« Sie streckte die Arme aus und zog mich zu sich heran. Sie roch nach Apfelkuchen aus dem Swifty's und nach Kaffee und nach einer Million anderer Dinge, die sie zu meiner Mom machten. »Wir sind eine Familie, Georgia. Eine Familie ist etwas für die Ewigkeit.«

Lange umarmten wir einander. Dann begann Mom leise zu quieken. Ihr Körper bebte.

»Was ist los?«, fragte ich und löste mich aus der Umarmung.

Mom quiekte noch einmal und erst jetzt begriff ich, dass sie lachte. »Reispudding«, sagte sie.

Da musste auch ich kichern. »So sieht's aus.«

»Du bist Rafes Schwester, das lässt sich nicht leugnen.« Mom bekam glänzende Augen und ich wusste, dass sie – auf eine merkwürdige Art und Weise – stolz auf uns war.

War ich tatsächlich wie Rafe? Ich dachte über die letzten Wochen an der HVMS nach. Zweifellos waren die das reine Chaos gewesen.

»Ja«, sagte ich schließlich. »Ich denke, das bin ich.«

KAPITEL 62

DA IST NOCH ETWAS …

Und da gerade die Stunde der Wahrheit schlug, erzählte ich Mom auch von meinen Noten.

»Meine Lehrer geben mir keine Chance«, beklagte ich mich.

»Ich kümmere mich darum«, sagte Mom und ich wusste, dass ich mich auf sie verlassen konnte. Wenn Mom in die Schule kam, um mit den Lehrern zu sprechen, ähnelte sie einer Löwin, die ihre Jungen beschützt. Der Eidechsenkönig und Mr Grank konnten einem beinahe leidtun.

Beinahe.

»Auch davon hättest du mir schon früher erzählen sollen«, sagte Mom.

»Ich hatte Angst, dich zu enttäuschen«, gab ich zu.

»Georgia, ich mache mir Sorgen um deine Noten, aber nur, weil ich weiß, dass du gerne zur Schule gehst.« Mom ließ den Wagen an und fuhr vom Parkplatz. »Du bist eine gute Schülerin. Du lernst gerne und viel und du genießt es, die Noten zu bekommen, die du verdienst. Ich werde alles in meiner

Macht Stehende tun, um deinen Lehrern begreiflich zu machen, dass du nicht Rafe bist.«

Ich bin nicht Rafe, flüsterte es in meinem schläfrigen Hirn. Ich sah ein Bild von mir und Rhonda vor mir, wie wir auf der Bühne standen. Ich sah Missys überraschtes Gesicht vor mir, als ich ihr den Rock herunterriss, Brittanys Tränen, als sie begriff, wie gemein ihre Freundin war, und Sams süßes Grübchenlächeln, als er mich bat, mit ihm zu tanzen. Ich musste an Mini-Millers Schockreaktion denken, als ich ihm gegen das Schienbein trat. Ich sah Jeannes Gesichtsausdruck vor mir, als sie mir sagte, dass ihr mein grünes Haar wirklich gefalle.

Ich bin nicht Rafe, dachte ich. *Ich bin Georgia. Ich bin ich.*

Und zum ersten Mal seit Wochen war ich zuversichtlich, dass es auf der Middle School gut für mich laufen würde.

KAPITEL 63

SCHONZEIT ZWISCHEN RAFE UND MIR (TATSÄCHLICH. EHRENWORT.)

Ich dämmerte gerade weg, als es an meine Zimmertür klopfte.

»Ich bin's, Rafe. Kann ich reinkommen?«

Ich wurde sofort misstrauisch. Normalerweise klopft Rafe nicht an – er poltert direkt ins Zimmer.

»In Ordnung«, sagte ich und richtete mich auf.

Rafe setzte sich ans untere Ende des Bettes. »Wie habt ihr euch geschlagen?«

»Rhonda hat gesungen. Es war fantastisch«, erzählte ich ihm.

»Ich wusste, ihr würdet es gut machen.«

»Wie bitte?« Ich trat ihn ein wenig unter der Decke. »Du findest doch, wir stinken.«

Rafe zuckte mit den Schultern. »So sehr stinkt ihr nun auch wieder nicht«, räumte er ein.

»Ich bin froh, dass du mich gezwungen hast hinzugehen«, sagte ich.

Wieder zuckte Rafe mit den Schultern. »Ich habe dich nicht *gezwungen.*«

»Trotzdem. Ohne dich wäre ich gar nicht erst hingegangen. Also …« Ich biss mir auf die Zunge. »Danke.« Wow. Ich hatte mich gerade bei meinem Bruder bedankt. Dieser Abend würde definitiv in die Geschichtsbücher eingehen.

Rafe betrachtete meine alte Steppdecke und zeichnete das Muster mit dem Finger nach. »Hör mal … Vielleicht sollten ein Bruder und eine Schwester sich nicht so oft streiten.«

»Hast du dabei an einen bestimmten Bruder und eine bestimmte Schwester gedacht?«, fragte ich nach.

Rafe verdrehte die Augen und sah mich an. »An dich und mich«, sagte er.

»Also, das ist nicht meine Schuld, Rafe.«

»Ich weiß.«

»Oh«, rief ich erstaunt. »Soll das heißen – dass es deine Schuld ist?«

»Ich will nur sagen, dass wir beide es doch besser können müssten. Ich meine, weshalb bekämpfen wir uns überhaupt die ganze Zeit? Nur aus einer Gewohnheit heraus? Es ist ja nicht so, dass wir uns hassen. Stimmt doch?«

Ich wartete darauf, dass er noch etwas Sarkastisches sagen würde. Ich wartete ziemlich lange. »Du hast ja recht«, sagte ich schließlich. »Vielleicht mögen wir uns sogar ein bisschen«, fuhr ich tapfer fort. »Ich meine, manchmal.«

»Ja.« Rafe nickte. »Gut.« Dann stand er auf und verließ das Zimmer.

Wow. Das hatte ich nicht erwartet. Wahrscheinlich hatte ich ihn endlich mürbe gemacht – ich hatte ihn in der Hand wie ein Stück Seife.

KAPITEL 64

ENDE DER SCHONZEIT

Ein paar Stunden blieb tatsächlich alles sehr friedlich.

»Rafe!«, kreischte ich, als ich am nächsten Morgen den Löffel in die Frühstücksschüssel tauchte. »In meinem Müsli liegt eine Schnecke!«

»Proteine sollen ja mindestens genauso gesund sein wie Amarant«, entgegnete Rafe. »Ich sorge mich eben um dein Wohlergehen.«

Das werde ich dir heimzahlen!, dachte ich und dieser Gedanke stimmte mich irgendwie … fröhlich.

Es waren nur wenige Stunden gewesen, aber ich hatte Rafes Streiche vermisst. Meine Wut. Seine Schadenfreude. Meine fantasievolle Rache.

Hey, es war schon schön, wenn mein Bruder nett zu mir war. Aber mehr Spaß hatte ich mit ihm, wenn er sich wie Rafe verhielt.

KAPITEL 65

UND … ICH VERLOR DIE WETTE

Überrascht?

Ich nicht.

Ich hatte *keine* glatten Einsen eingefahren – nur eine Zwei plus in Englisch – und die Prinzessinnen hatten sich *keiner* Persönlichkeitstransplantation unterzogen, um danach meine Freundinnen zu werden.

Andererseits hat auch Rafe die Wette nicht gewonnen.
Ich *habe* Freunde und ich bettele *nicht* darum, die Hills Village Middle School verlassen zu dürfen. Wir sind also quitt.
Meine Zeichnungen habe ich übrigens Rafe gezeigt und er hat mir ein wenig geholfen.
So sah sein Beitrag aus:

Es ist also wirklich nicht schlimm, Rafe Khatchadorians SCHWESTER zu sein.
Es ist *grauenhaft*!
(Siehst du, Rafe! *So* beendet man sein eigenes Buch!)

DIE STINKER!
Ich glaub, sie sind besser geworden!
Nö.

JAMES PATTERSON, 1947 geboren, wuchs im US-Staat New York auf. Er gilt als der erfolgreichste Autor der Welt. Mit seinen Krimis und Thrillern erzielt er Millionenauflagen. Seit 2009 schreibt er auch für junge Leser. 2010 wurde er in den USA zum »Children's Choice Author of the Year« gewählt. Seine Middle-School(*School Survival*)-Reihe, die inzwischen sechs Bände umfasst, ist ein US-Bestseller mit einer Gesamtauflage von 3 Mio. Exemplaren. Im Hanser Kinderbuch erschienen bereits die ersten beiden Bände der Reihe: *School Survival – Die schlimmsten Jahre meines Lebens* und *School Survival – Lasst mich hier raus!*. James Patterson lebt in Florida.

LISA PAPADEMETRIOU ist ebenfalls Autorin von zahlreichen sehr erfolgreichen Romanen und Serien für Kinder und Jugendliche. Lisa Papademetriou lebt mit ihrer Familie in Massachusetts. Mehr unter www.lisapapa.com

NEIL SWAAB ist freischaffender Illustrator, Art Director, Cartoonist, Animator und Autor. Er lebt in Brooklyn, New York.

MANUELA KNETSCH studierte Englische und Deutsche Literatur und arbeitete einige Jahre im Verlagswesen, bevor sie sich 2006 als Übersetzerin und Lektorin selbstständig machte.

»Ein charmantes, witziges und tiefgründiges Buch mit überraschenden Wendungen und anrührenden Momenten.«
The New York Times

Der Auftakt zur erfolgreichsten Comic-Roman-Reihe seit Gregs Tagebuch.
Rafes urkomischer Überlebensplan in der Mittelstufe!

Für Rafe besteht die Schule aus nichts als Langeweile und lästigen Pflichten. Aber er hat schon einen genialen Plan, wie er die 5. Klasse überstehen wird: Er nimmt sich vor, jede einzelne Schulregel zu brechen und Verstöße mit Punkten zu honorieren: Kaugummi kauen im Unterricht: 5000 Punkte, Wettrennen im Schulflur: 10 000, Feueralarm auslösen: 50 000 Punkte. Doch als das Spiel ernst wird, muss Rafe sich entscheiden, ob nur der Sieg zählt oder ob er bereit ist, sich den Regeln, Tyrannen und Wahrheiten zu stellen, die er bislang gemieden hat.

»Unglaublich detaillierte und einfallsreiche Illustrationen, erzählerische Tiefe und Wärme und viel Humor – eine Geschichte, die sogar Lesemuffel aus der Reserve locken wird!« *Library Media Connection*

James Patterson/Chris Tebbetts
School Survival – Die schlimmsten Jahre meines Lebens
Illustriert von Laura Park
Aus dem Englischen von Manuela Knetsch
288 Seiten. Gebunden